CONSTELADO

千 里 远 景 ， 如 在 尺 寸 之 间 。

Saudade

萨乌达德

Suneeta Peres Da Costa

[澳]苏尼塔·佩雷斯·达·科斯塔 著

陈建刚 译

中国工人出版社

献给穆里杜拉·纳特·查克拉博蒂

想象总是与欲望联系在一起。这样，想象才有价值。没有目标的欲望是空洞的想象。上帝真实存在于一切事物之中，这是想象所无法掩盖的。美丽的事物会俘获我们的欲望，用当下的目标取代其原本的目标，从而阻止我们的欲望飞向未来。

——西蒙娜·韦伊《信仰与重负》

1

妈妈告诉我，死人是倒着走路的。她说，他们本来是想要往前走，可迈出的脚却让他们的身体向后移。说这些话的时候，我们正在厨房和院子之间的台阶上坐着，我的一只手搭在她的膝盖上。阳光透过朵朵白云，又穿过粉色番石榴树的枝叶，在水泥台阶上洒下斑驳的影子。那是我们的第一所房子，也是我出生的处所，坐落在本格拉市。尽管很可能同其他很多房子一样，它现在已经不复存在了，但它依然驻留在我的脑海里，一直静静地待在那里，如此真切，又略显暗淡……

妈妈让卡埃塔诺去摘一只木瓜，用来做我们的早餐。在等待卡埃塔诺的时候，我们把目光投向了一只几内亚公鸡，那是爸爸从威热省的一位客户那里带回来的。公鸡在院子里安静地转来转去，既没有啼叫，也没弄出声响，尖尖的喙时不时地试图在地面上啄食粮食，但往往一无所获。我拍着小手吓唬它，但它并没有惊慌逃窜，而是警惕地竖起红色的鸡冠，同时张开那双羽毛参差不齐的翅膀。

妈妈告诉我，如果我梦到脚尖朝后的人，一定要大声叫喊，努力把自己弄醒。因为那些人离我越近，就越有可能把我带到他们的世界。那是属于死人的世界。我转身凝望着她的脸，那是我当时最喜欢做的事。在黑色眼线的映衬下，那双美丽的眼睛轮廓分明，还会随着主人语调的不同时而变大，时而变小。尽管尚在旱季中期，但每当她开口时，我就会有种仿佛置身于一片绿洲的感觉。在那里，我什么都不用做，也不需要远眺地平线。当然，如果远眺的话，就会看到地平线一直延展下去。据说那里没有饥饿，这应该算是天堂了吧。海风从岸边吹来，带着大西洋咸涩的味道，总让我有种虚幻的感觉。即便海风早已停歇，这种幻觉依然萦绕不绝。阳光虽然并不明媚，但暗淡的光辉依然能够洒到各个角落；我并不指望太阳会向我展示它的真容……

虽然我已经不小了——三岁，或许四岁，到了足可以“流利谈吐”的年龄，却不怎么爱说话。大人们对此并不在意，也并未留意我对妈妈说的每一句话几乎都置之不顾的这个事实。我本可以就这样一直下去，对未来可能发生的危险毫无感知。对于妈妈的各种告诫，我并不能理解其真正的含义，也并不清楚自己可能会处于一个怎样的危险境地。她徒劳地让我这样或那样，招来的只是不可名状的无视。因为比起她讲话的内容，我更感兴趣的是她的声音。那时的我不谙世事，浑身上下犹如一张白纸，有很多可被书写的空间。即便后来，我或许还有把所有写上去的东西抹去重来的想法……妈妈还说，女巫是死人的伙伴，她们的脚尖也是朝后的。

不一会儿，卡埃塔诺就回来了，一只胳膊夹着木瓜，一只手提着蜂蜜罐。他把木瓜牢牢地夹在臂弯里，动作非常协调，那本领仿佛与生俱来。卡埃塔诺脚上穿的是我父亲的一双旧鞋，因为鞋子太大，他随时有摔倒的可能。那天早上，爸爸风趣地说，如果卡埃塔诺哪天死了，我们只能用这双鞋子来安葬他了。爸爸说这话时，用的是孔卡尼语。每当他生气或者开玩笑的时候，总会说几句孔卡尼语。我那时并不知道，孔卡尼语其实是某个地区、某个时期、某个民族的专属语言，而我就是这个民族的后裔。我对此一无所知，只觉得这种语言听起来并不悦耳，毫无诱人之处。妈妈也能在葡萄牙语和孔卡尼语之间自如切换，她同伊菲吉妮娅或卡埃塔诺说话时的语调与同我或爸爸说话时的语调没有什么不同。

卡埃塔诺把那个旧蜂蜜罐递给妈妈。她接过罐子，眨了眨眼，说道："照这样的发展速度，我们就可以做蜂蜜生意啦。”她转动罐子，让底部为数不多的几个蜂巢对着有光线的地方，然后说：“你觉得这主意怎么样，卡埃塔诺？”他不自在地笑了笑，然后又耸耸肩，刻意地回避着脸上的表情。在光线的映衬下，他的头发呈古铜色。卡埃塔诺的父亲是丹麦人，曾在莫桑比克的一个咖啡种植园定居，由于厌倦了东非平原枯燥乏味的生活，又回到了哥本哈根；而他的母亲则是莫桑比克德尔加杜角省的本地人，可惜在他很小的时候就去世了，所以他是在马普托的一个孤儿院长大的。

卡埃塔诺的头发有点儿长了，都快要遮住眼睛了，妈妈告诉他该去理发了。“好的，妈妈。”卡埃塔诺一边回答，一边用手拍打着面前一只已经不见踪影的苍蝇。听到他叫妈妈，我有些好奇。在我出生的几年前，卡埃塔诺就已经来到我父母身边了。那时他还是个小孩子，现在应该有十三四岁了吧，已经到了具有强烈自我意识感的年龄，并且处处谨小慎微。

他下意识地把身体重心从一只脚转移到另一只脚。妈妈轻叹一声，把木瓜放到了我娇小的臂弯里。木瓜皮是黑色的，上面点缀着绿色的斑点。它又重又凉。我很想知道，如果它掉到地上会发生什么；在撞到地面时它会发出什么样的声音；它是会摔烂，还是会滚到别处……

妈妈从厨房拿了几百分硬币，塞到卡埃塔诺手里。他把零钱放进口袋，飞快地穿过花园。妈妈跟在他后面，来到大门口。长长的道路两边空空荡荡，一个妇女正背着一个孩子从印染厂回来；一名渔夫提着一小包卖剩下的捕捞品走过。妈妈把我领进院子，刚走几步又停了下来。她回头看了一眼，咂了咂舌，说再没有哪一个种族能像班图人[1]那样必须像孩子一样被照顾，因为他们自己根本不会谋生。她

1 班图人（Bantu），全称班图尼格罗人，是非洲南半部说班图语系诸语言的各族人民的统称，主要居住在赤道非洲和南部非洲国家，信奉伊斯兰教和基督教。班图人是非洲最大群体，约有 1.3 亿人，49 个民族。——译注

接着说，一个人如果管理不好自己的事情，就永远也长不大。这是多么悲哀啊！而这不仅仅是安哥拉黑人的悲哀，更是所有非洲黑人的悲哀！如果她的这些话让我感到惊讶的话，那也不是什么大不了的事。如果她眼睛和嘴巴的表情不再像几分钟前那样令人安心，我也不可能有机会体会那些试图建造巴别塔[1]的困惑的灵魂们的感受了。

妈妈开始准备早餐。她削去木瓜皮，切成长条，看上去像一个个独木小舟，那是我喜欢的形状。和往常一样，她把牛奶煮开，用勺子把上面的奶皮捞起，放到嘴里吞了下去，然后把装满牛奶的杯子放在我面前。她给我喝了一口蜂蜜，就将剩下的装进瓶子，放到柜子里收好。大理石砧板上有一条鲭，眼睛一动不动，

1　巴别塔（Babel）：据圣经记载，当时只有一种语言的人类决定建造一座通天塔，上帝大怒，混淆了人类的语言。结果，人们之间无法沟通，也就放弃了建塔的事情。这也是人类语言多样性起源的一种传说。——译注

但晶莹剔透。伊菲吉妮娅将椰子肉和辣椒碾碎做成玛莎拉酱，准备做鱼。妈妈在过道里来回走动，一次次地指挥伊菲吉妮娅如何做鱼。

这时，我的目光落在妈妈裸露的双腿上，她穿着米色的亚麻便服，并未穿长筒袜。虽然是光腿，看起来却十分粗壮，就像院子外面小果园里任何一棵挺拔的树干一样结实可靠。透过敞开的门，我能够看到果园里那些果树的树梢，有番石榴树、酸橙树和木瓜树。她的双脚如同双腿末端绽放的花朵，好看极了。我无法想象她死后的样子，也不敢想象。然而，这种想法始终挥之不去，每隔几分钟，我就得打量她一番，看看她的脸，再看看她的脚趾，以确认它们的方向是一致的。

2

劫持圣玛丽亚号游轮的巴西叛乱分子并未如愿来到罗安达港，加尔沃上尉发动的叛乱以失败告终[1]。从圣保罗监狱出逃的囚犯也并未敲门恳求收留作为逃亡者的他们。然而，就在卡桑佐起义[2]发生后的几天，爸爸收到一份电报，

1 圣玛丽亚号游轮（the Santa Maria）劫持事件：1961 年 1 月 23 日，前陆军上尉亨里克·加尔沃（Henrique Galvão）率领 24 名叛军占领了葡萄牙客轮圣玛丽亚号，其目标是推翻当时葡萄牙和西班牙独裁者的残暴政权，叛乱最终于 2 月 2 日以劫持者向巴西当局投降告终。

2 卡桑佐起义：指 1961 年 1 月 3 日发生在安哥拉马兰热省拜沙德卡桑佐地区（Baixa de Cassanje）的起义，被认为是安哥拉独立战争的前奏。

内容是他的一位客户——德国棉花农场主——在北方农业工人的一次报复事件中被杀。

父亲准备前去参加葬礼。他一边收拾东西，一边低声讲述着这名农场主被谋杀的过程。此时，妈妈站在厨房门口，而我正在院子里同小狗克里奥玩耍。我把它那对巨大却不怎么对称的耳朵翻起来，使之呈现出里面的结构，然后再看着它们被苍蝇烦扰时猛然垂下的情形……每次爸爸提到“谋杀”这个词时，妈妈总会扬起眉头，向我这边瞟一眼，然后又若无其事地朝花园的方向看去。我努力想象死去的棉花农场主躺在棺材里的情景——身上绑着止血带，就像我在一本《国家地理》旧杂志上看见的埃及木乃伊一样，裹着朴素的长袍，一如受难的耶稣。或许因为农场主是陌生人的缘故，我很难想象出他死后的模样。爸爸去参加葬礼期间，我总是想，如果那个死去的农场主出现在梦里并向我走来，而我却认不出他，那会发生什么呢?

安吉拉夫人来我家串门。当初，她和丈夫从马德拉群岛来到这里，在本格拉市中心开了一家干货店。后来，她的丈夫因突发心脏病离世。然而，这只是麻烦的开始，因为她的积蓄很快就花光了，债务开始不断增加。妈妈告诉过我，安吉拉夫人非常想家，正是这个原因让她变得有些精神失常。为什么会想家？想家里的什么呢？我弄不明白。伊菲吉妮娅刚做了一些油炸蛋黄饼，妈妈让她端上餐桌。我坐在妈妈身边，看着安吉拉夫人一边不停地吹自己杯子里的热茶，一边心不在焉地一个接一个地吞食着蛋黄饼，直到那些略显焦黑的美食全部消失为止。伊菲吉妮娅离开房间后，安吉拉夫人压低声音说，她害怕晚上一个人睡觉。

她又说："正是我们白人为当地黑人改善了教育、住房和医疗条件——如果没有我们，他们还不知会怎么样呢！"就在那时，我把目光从安吉拉夫人转向妈妈，她一脸平静，十分安详，仿佛和煦的阳光永远照耀着她似的。妈妈似乎立刻就意识到安吉拉夫人在说什么，但却表现出无动于衷的样子。她礼貌地点点头，告诉安吉拉夫人，感到不平就对了。与此同时，妈妈也在注视着蜂箱里冒出的轻烟，卡埃塔诺正在忙着查看那些蜂箱。

我再次把目光转向安吉拉夫人，肥大的身体上披着一件沉重的丧服，头发柔软而纤细。她眉头紧锁，厚厚的下唇上粘着一小块蛋黄，一副并不讨人喜欢的样子。或许刚从葡萄牙来到这里的时候，她也曾是一个年轻漂亮的女人，但现在，她脸上已经失去了昔日的光泽。这不仅是失去了丈夫的缘故，而且还有对不确定的未来的恐惧，而她所有的仪态似乎都受到了这种恐惧心理的影响……她用两个手指测量着自己的脉搏，说她感到有点儿头晕，并咳嗽了几声，以示自己确实得了黏膜炎。妈妈问她是否看过医生，她回答说本格拉的医生都是骗子，这辈子都不会让他们给自己看病。然后，安吉拉夫人开始讲述自己的儿子马蒂亚斯，提起儿子从里斯本寄给她的充满爱意的书信。她说，收到那些书信她非常开心；她还说，有个儿子是一件非常幸福的事情，至于女儿嘛，就不能保证啦……她没有再往下说。

我的目光从安吉拉夫人腿部那些由于静脉曲张而凸起的血管滑过，落在她的双脚上，竟然发现几乎看不到她的脚踝。那里像是被蜜蜂叮了一样，浮肿得厉害。看着她那没有踝关节的下肢，我当时一定感到很是不安，因为我记得很清楚，自己一次又一次不停地凝视着她的脚踝。发现我的异常之后，安吉拉夫人说我的目光怎么总是躲躲闪闪的。“我不知道你到底是在耍滑头还是害羞，但大人问话时，总该说些什么吧！”安吉拉夫人说道。令她和妈妈惊讶的是，我随后大声说自己很快就要上学了……

安吉拉夫人离开后，妈妈在窗户边静静地站了好一会儿。阳光洒在不远处的家庭宣传画上，那些皮肤和我一样黝黑且完全陌生的人们，或裙装粉带，或西装革履，宛如帝国高贵的上流人士。妈妈转身看着我，张了张嘴，仿佛要对那些画像发表高谈阔论似的。然而，她说的却是安吉拉夫人有难言之苦，人人都知道她的儿子马蒂亚斯根本就没有学会计，而是在里斯本过着放荡不羁的生活，给她写信只是为了骗取她那少得可怜的钱财。一个花花公子是什么样子大家都明白，但他终归还是妈妈眼里的孩子……

我跟着妈妈在房子里穿行，每到一个角落，总会有种死去的棉花农场主会随时出现在身后的感觉——胸前插着一把镰刀。妈妈让我同她一起午睡，但蚊子在昏暗的房间里嗡嗡作响，根本无法入睡。于是我轻声来到前廊，那里凉快一些。

我没有等到死尸到来的脚步声，却等来了邮差。他吹着口哨，曲调很像佛得角民歌，很可能是埃乌热尼奥·塔瓦雷斯[1]的一首莫尔纳乐曲。他提起信箱的钩扣正要把信件放进去时，抬起头看见了我，随后发出了怪异的笑声。毫无疑问，当时的我一定像个怪物：头发在汗水的浸润下凌乱不堪，嘴巴吃惊地张得大大的。接着，他朝我说了什么，我根本听不懂，因为他说的是克里奥尔语[2]。我并不想弄明白那到底是什么私密的鬼话，因为不管是嘲笑还是讥讽，他无论如何都不会同我分享。然而，他的口音却让我有种愉悦的感觉，那是一种不同寻常且抑扬顿挫的声音……

1 埃乌热尼奥·塔瓦雷斯（Eugénio Tavares，1867—1930）：佛得角诗人的杰出代表，他是记者、剧作家、诗人、小说家和当地方言方面的语言学家。他第一次把克里奥尔（Creole）方言的发音加入佛得角的传统音乐莫尔纳（morna）中，从而创造了佛得角风情音乐。

2 克里奥尔语（Creole）：泛指世界上那些由葡萄牙语、英语、法语以及非洲语言混合并简化而生的语言。克里奥尔一词是“混合”的意思。

看到妈妈出现在我身边，他把说了一半的话又咽了回去，沿着大街溜走了。邮差走远后，妈妈告诉我那家伙肯定是个共产主义者，让我以后别理他。那时的我并不知道共产主义者是什么意思，以为是令人讨厌的东西，就像死尸一样。

天空渐渐变得昏暗起来，雨已暂停，但似乎还有一场倾盆大雨即将到来。坐在藤椅上，能感觉到蚊子正在我腿上寻找机会，脚趾末端已经有微微的刺痛感。远处传来了本格拉铁路沿线货运列车的刹车声，还有安哥拉钻石公司的矿山上机械的喧嚣声和柴油发电机的轰鸣声……

伊菲吉妮娅的一个朋友从门口路过。她名叫菲洛梅娜，但伊菲吉妮娅称呼她为梅姆。我听到她俩在用金邦杜语[1]窃窃私语。虽然有我

1　金邦杜语（Kimbundu）：非洲安哥拉北部班图语系中的一种。

在场时，爸妈让伊菲吉妮娅说葡萄牙语，但她经常忘记，总是说金邦杜语。我虽然只能听懂一点儿，但发现它的韵律非常优美，充满活力。如果我并未意识到她们很可能一直在谈论我，那并不是因为我有多么谦和，多半是由于我当时还没有弄清楚金邦杜语很可能是她们在抱怨和发泄不满时使用的语言，而我或许就是她们表达这种不满情绪的源头。当这一点变得明朗起来时，我又开始觉得金邦杜语刺耳难听。一听到这种声音，我就会立刻有种用柔软蜂蜡将耳朵堵住的冲动。

我返回院子，打开鸡笼。我们买了一只母鸡，让它给公鸡做伴儿。一天早上，爸爸发现，由于公鸡贪得无厌，母鸡已被折磨的鲜血淋漓，几近断气。他只好把公鸡带走干掉。母鸡已经孵出了鸡雏，但小家伙们并没有得到多少它们妈妈的关爱。此刻，母鸡微晃着身子，黑色的眼睛里散发着愤怒和狂躁的气息，原本白色的羽毛也变成了灰褐色。

然而，我的脑海里又浮现出死尸的样子，那是一个身材高大、步履沉重、八字胡须、外表特别古怪的形象。事实上，这样的词汇可能同样适合用来形容爸爸。在等待死尸脚步声临近的同时，我也期待着爸爸的脚步声，我已经习惯了他那熟悉的进出家门的脚步声。此时，我在想，如果我们根本听不到爸爸的脚步声，那会发生什么呢?

就在这时，一辆熟悉的汽车出现在马路的拐角。爸爸下车后，我发现他脸色灰白，为了表示庄重而佩戴的黑色礼帽下面有汗水在不停地滴落。他把我从地上揪起来，掸了掸我衣服上的灰尘，然后警告我，要是让仆人看到我坐在土里的样子，那就不好了。“你知道你是谁的女儿吗？”他突然凶巴巴地问我。他呼出的热气混合着烟草和威士忌的味道，有些刺鼻。我慌忙像只小鸡般从他怀里挣脱。爸爸又去追赶那只羽毛凌乱的母鸡，母鸡惊得四处逃窜，最后还是被关进了笼子。他嘴里不停地咕哝着，埋怨鸡笼开着也没人管。卡埃塔诺叼着一支烟站在不远处，他最近养成了仔细打量爸爸的习惯。跟着父亲进屋时，我感觉他也在仔细打量我。

那天晚上，我很难入睡，想象着在梦中遇见死尸的情景。有很长一段时间，我都一直清醒着，等待着那个死去的棉花农场主的出现。夜里，我叫醒了妈妈，她让我安心睡觉，说只要有她在我身边，什么事情都不会发生，要是看到有来自那个世界的人带我走的话，她会大声叫我的名字。只要她一叫，我就会立刻回到她身边。

3

时值雨季。一天傍晚，父母正在为罗安达的一个聚会做着准备。因为聚会很晚才能结束，而且深夜回本格拉实在看不清路，所以他们需要在罗安达的酒店住一晚。这个聚会非常重要，如果一切顺利，爸爸就能升职，被派驻到罗安达，我们一家就会搬过去。他是一名劳务方面的律师，为内政部工作，负责劳务合同事宜……

我年龄尚小，无法理解他所办理的那些债务纠纷体现了所谓的人情味儿。葡萄牙人和其他欧洲牧场主投保的那些疾病险和意外险，针对的都是当地的契约劳工，这些劳工有男也有女。那时的我并不明白，为了保护铁矿主的利益，使之免受矿工因工作原因身患肺病、结核以及白内障等疾病产生的不利影响，他们会将劳工的失明归为个人原因；或者，为了让玉米农场主免受劳工感染钩虫病的影响，患者可能会被诊断为患有别的寄生虫病。劳工们像奴隶一样被买卖，还经常因劳累过度而死。这些都是我后来才明白的。当所有这一切被打碎，透过记忆的碎片，我才看清了事情的真容，也理解了过去是怎样如因果报应般在身体和心灵上刻下其印记的。我们对他人所做的任何事情，都会反过来以某种最为微妙的方式影响我们自己。

虽然爸爸并没有被砍倒的梧桐树砸伤，也没有让收割机的轰鸣声使耳朵失聪，但他仍然以自己的方式承受着那些由自己保守的秘密所带来的折磨，而他多变的情绪也让我和妈妈吃了不少苦头：时而沉默寡言，时而暴跳如雷；此时慈爱有加，彼时冷漠如冰。待在书房的时候，他总是背着身子，那书房如同一块巨大的石头，石头后面的他或正在往杯子里倒威士忌，或正在埋头阅读文件。我多么希望能把那块巨石挪走啊！这样的想法多次困扰着我。

爸爸不让我去书房玩，这越发让书房成为一个无法抵御的诱惑。每当他外出时，我便迫不及待地想尝试坐在那把转椅上的滋味，想象着自己就是那支钢笔和那把象牙开信刀的主人。我知道，在最下面那个锁着的抽屉里有一把卡宾手枪，那是在爸爸上个年度的就职周年纪念日那天，他的老板马什卡雷尼亚什先生送给他的……

此刻，他正转身对着我，眉头微皱，头发在百利发蜡的作用下如同他的黑漆皮鞋般油光锃亮。

妈妈在卧室里一边打扮，一边轻声哼唱着“狂欢节的早晨”这首歌。起初，她想要留在本格拉，为此，他们还争吵过，后来爸爸许诺在罗安达买一座拥有更大花园的房子，妈妈才被说服。她叮嘱我，如果我表现好，听伊菲吉妮娅的话，她就会从罗安达给我带礼物回来。我希望这个礼物是我曾在卡蒙斯大街的商店橱窗里看见过的那种名叫安妮的美国玩偶，一拉动背后的那根绳子，它就会发出咯咯的笑声，蓝色的眼睛在赛璐珞[1]的脑袋里不停地打着转。透过窗户，我能看到卡埃塔诺独自一人待在花园里，远处的克里奥正在追逐一群蕉鹃鸟。

我回到桌旁，给一本书里的画页涂色。这本书讲述的是植物学家加西亚·德·奥尔塔[2]的故事，书中描绘了各种热带花卉，包括粉色莲花和一些因奥尔塔用来做药而广为人知的药草。它们的名字以斜体的形式印在每张图片的下面。那本书是上学头几周发的，老师让我们在扉页写上自己的名字，我写得非常好，受

1 赛璐珞（celluloid）：塑料的旧有商标名称，它是商业上最早生产的合成塑料。

2 加西亚·德·奥尔塔（Garcia de Orta，约 1501—1568）：葡萄牙植物学家、医学家，著有《印度方药谈话录》。

到了表扬，笔迹还被作为范例展示给其他孩子……受到如此赞美，成为同龄中的宠儿和羡慕的对象，我是多么开心啊！但我全然不知，自己的这种“崇高地位”只是昙花一现；我也并不明白，自己当时有多陶醉，日后就有多尴尬。

此时，我在给树叶和花朵涂色，妈妈从衣橱里整齐叠放的一摞纱丽中挑选出一件，把它在床上摊开——淡紫底色的布料上盛开着黄色的小花，同我书上的那些花一模一样。那是我第一次见妈妈穿纱丽，她把它裹在身上并熟练地摆弄、打褶。那娴熟的动作表明了她与纱丽的亲密程度，就像她把淡绿色的印度美食“可怜的胆”[1]视为亲密朋友一样。她一边试穿纱丽，一边轻声哼唱：“手指在吉他的柔弦上漫

1　可怜的胆（Chole Kulche）：印度传统美食，用面饼沾上辣椒、番茄、洋葱等各种食材炒出来的大杂烩，口感丰富。该美食尚未有较合适的中文译名，有人将其译为“可怜的胆”。

舞，只为追寻你的爱，歌儿应声飘起，因为这是狂欢节的早晨……”

我看到她光着的双脚刚好从长长的纱丽底边露了出来。

然后，不知妈妈动了一下什么东西，一个眉心坠就冒了出来。她继续在首饰盒里轻快地翻找着。我知道那个盒子的来历，它是妈妈那位住在印度果阿邦最好的朋友米塔一家送给她的结婚礼物。那是个木雕制品，上面非常巧妙地镶嵌着饰物，盖子上的两头大象似乎正在发出浑厚的叫声。此时，妈妈指着两头大象告诉我，它们是印度象，不是非洲象，印度象的耳朵要小一些。至于为什么非洲象和印度象很可能有共同祖先，但在漫长的进化过程中谱系发生了不同的演化，她也说不清……

趁妈妈将一对金耳环往耳垂上佩戴的空当，我再次将她的那双脚与衣柜镜子里的那双脚进行了比较。虽然我知道这只是那块玻璃镜搞的鬼，但如果真有一个死尸穿着长长的纱丽进入我的梦境，而我却无法分辨他们的双脚到底是向后还是向前，那该怎么办？如果死尸带着我离开，而妈妈又不在身边喊我的名字，直到被带到视线消失的地方，那又该怎么办？妈妈挪了几步站好，问我她是否漂亮，但我的眼睛依然盯着她双脚刚刚待过的地方。

妈妈咂了一下舌，指着镜子里的我说，我的皮肤较黑，像爸爸的家人。我知道妈妈指的是哪些人，至少知道他们就是挂在客厅墙上那些照片里神情严肃的面孔。我曾关注过那些照片，他们的双眼——幸好不是双脚——不知为什么会一直跟着我转动。每当收到他们的来信，妈妈总会打开那薄薄的蓝色航空信封，粗略地浏览一下里面的内容，然后才给爸爸放在厨房的餐桌上。

要是收到自己家人或米塔的航空信件，妈妈就会坐在院子的台阶上，一边享受香茶，一边细细品读。所有这些信件都会被保存在衣柜的抽屉里，里面还珍藏着纪念圣雄甘地及其他独立运动领袖的硬币及邮票、旧玻璃手镯和照片——其中一张是一个我并不认识、穿着军装的英俊男子……

此时，妈妈把纱丽的底部提到膝盖以上，然后取出一块浸透了鲜血的垫子。她非常小心，生怕弄脏了纱丽。换好新垫子之后，她抬起头看了看我，漫不经心地说道："不过，在这方面，你肯定会像我的。"接着，妈妈开始摆弄头发，先在头顶做一个冠状造型，收拾妥当后，又把马尾盘成圆形，最后用卡子固定。她画了细长的眼线，涂了深红色的口红，又拿起一瓶古龙香水，在两个手腕和耳朵后面喷了几下。妈妈自我欣赏的样子就像在表演一支精心编排的舞蹈。能感觉得到，她表演这样的舞蹈，并不是为了给我留下深刻印象，也不是真的在寻求我的认可。那她到底是在寻求谁的认可呢……

爸爸突然出现在我们面前。他大声责问妈妈是不是想要穿着纱丽大张旗鼓地出现在那些可能提拔他的政府官员面前。“马上换掉！”他厉声喊道。此时，电话铃响了，爸爸打了个趔趄，穿过走廊来到电话机旁。他在电话里说的是孔卡尼语，在喊妈妈过去听电话之前，我有很长时间没有听到说话声。妈妈弯下腰，抽泣起来。她的妈妈得了重病，但却只能粗略地获知，大概是在果阿的乡村集市上买鱼，结果摔倒，被送进医院，在医院又染了败血症，估计活不了几天了。我自顾低头看着涂色书中那张加西亚·德·奥尔塔的图片，他戴着一副角质框架眼镜，正在博阿维斯塔岛[1]的某个地方研究一枝花朵。有好几处，我把颜色涂到了边框外面……

爸爸说他不能陪我们了，马什卡雷尼亚什先生还在等着他，毕竟有许多重要的事情都在等着他过去处理。妈妈平静地点了点头。透过

1 博阿维斯塔岛（the Ilha da Boa Vida）：非洲佛得角共和国最东端岛屿，距西非海岸 500 公里，面积 620 平方公里。

房间的前窗，我看着他快速走向汽车。爸爸走后，我跟着妈妈来到卧室。她摘下首饰，卸了妆，然后慢慢解开纱丽，那件刚刚还让整个房间熠熠生辉的服饰一下子滑落到地板上了。

4

搬到首都罗安达后，妈妈认为我们应当给新生活留下新印象。爸爸经常出差，卡埃塔诺就成了我们的司机。在从新城区驶入旧城区的路上，我好奇地读着那些街道的名字：参议院大街、若昂二世大街、安东尼奥·埃内斯大街。就像伽利略能够说出地球与太阳的关系以及那些在各自广袤轨道上运行的星球的名称一样，我竟能令人吃惊地独自说出一连串的地名：战士大道、科罗内尔·德·派瓦大街……

那时的我并不清楚，这些街道是完全按照葡萄牙首都里斯本的城市布局设置的，是殖民统治的象征。如今，这些名称早已退出历史舞台，如果再次穿行其中，我不知道自己是否还能认出它们，是不是会迷路……

每次陪妈妈去银行、理发店或者逛街，她总会叮嘱我该向谁打招呼，该说些什么话，甚至该以何种方式道别。穿过卡蒙斯大街，我们来到一个名叫拜沙的集市。妈妈在各个摊位之间来回穿梭，挑选着自己喜欢的东西。

有个爱管闲事的沙特人，总是帮人们把每袋水果的重量精确地称出来，包括柑橘。我们从来自安的列斯群岛的一个商人那里买了一些香料，虽然价格有点儿高，但那些孜然、胡椒、姜黄以及丁香散发出的扑鼻香味实在是太诱人了。从一位几内亚商人那里，我们给爸爸买了些咖啡和特制烟草。这位商人患有可怕的皮肤病，妈妈不让我盯着他看。我们又从一位老妇人那里买了些木薯粉和棕榈油。老妇人名叫弗朗西斯卡，说话唠唠叨叨的，据说有很多情人。她的肩膀上栖息着一只灰色的非洲鹦鹉，不仅会向顾客问好，而且当主人发出“接吻”的指令时，它还会模仿接吻的声音。我们还买了巧克力和奶酪，这些美食在本格拉很少见到，但在这里却可以经常享用。

妈妈看似硬朗，但一天在逛市场时，她突然感到头晕得厉害，瘫坐在鱼市中间的空地上。周围的渔妇们纷纷放下手里的活儿前来帮忙。妈妈觉得这种头疼脑热的小病没什么大不了的，拒绝了她们的好意。此时，我的目光投向了那些渔妇和她们捕捞的鱼虾。她们四仰八叉地半躺在麻草垫上，挥舞着胳膊驱赶鱼虾上的蚊蝇。如果抬眼看的话——我无法忍住不去看——就能看到她们两腿间的黑暗洞穴，不知是否也会有鲜血从那里流出。不久，妈妈就恢复了体力，变得精神起来。她把自己的头晕归因于从本格拉来到这里气候不适。随后，她便转移话题，说刚果的西瓜比安哥拉的更加香甜美味……

妈妈的声音越来越小，我突然发现自己来到了市场的另一边，周围是卖香肠和咸肉的老妇人，空气中弥漫着浓烟和猫尿混合在一起的恶臭味道。集市里猫仔的数量每周都在增加，到处都能听到喵喵的叫声，随处可见蜷缩在冰冷的石板和货台下面的小猫。之前，我就想带一只小猫回家，但妈妈摸都不让我摸它们。此刻，我蹲下身子轻轻抚摸着一只幼崽，但它有点儿暴躁，一下子就从我手里逃走了。我回头看了一眼，才发现我同妈妈走散啦。

意识到自己完全自由了，我顿时欣喜若狂，丝毫不介意妈妈去了哪里。我觉得如果找肯定能找到妈妈，但当时我不想这样做。没有妈妈的陪伴，自己一个人审视着周围的一切，这是多么令人兴奋的一件事啊！这简直简直就是一个人的狂欢！在市场的一个角落里，一名腹语艺人正站在啤酒木箱上表演，手中那个木偶空荡的双腿斜靠在他的腿上。尽管那一连串下流的笑话真的像是从木偶的喉咙里直接发出的，但它微微张合的嘴唇暴露了真相。

我转悠了很久，才找到女巫们的摊位。我鼓足勇气向其中一个女巫靠近。她正在摆弄一个锈迹斑斑的铁罐，清点里面那些皱皱巴巴的钞票。在她身边，摆放着各种装着液体的小瓶子，大多瓶子里的液体似乎有一半都已蒸发了；她还摆放了一些种子、干咸鱼和药草，作为药物来兜售。她嘴里说着什么，但我根本听不懂，因为那是金邦杜语。我自顾盯着她的双脚，但发现无论从哪个角度来看，那双脚的构造都没有什么异常。随后，她拍了拍手，用葡萄牙语说道："你说什么，克里奥佩特拉？"她嘴里不停地嚼着可乐果，嘴角被果汁染成了猩红色，就像一道又深又长的伤口。

有人告诫腹语艺人，让他停止表演，但艺人并没有停下来的意思，而是让木偶把对方说的话像玩回声游戏一样重复了一遍。一场混战就此爆发。很快，一名警察赶来将人群驱散。人们七嘴八舌地喊叫着，我的太阳穴在怦怦作痛。不远处，一个妇人正在用贝壳制作手提包，跟妈妈手里拿的那个一样。

我穿梭在一条又一条过道里，成山的干木

薯和玉米棒在过道上投下高大的影子。每次穿过一长排摊位来到尽头，就像做了一场噩梦，那些售卖的货物仿佛被施了魔法似的，让我分不清东南西北。我不小心摔了一跤，立刻招来一阵嘲笑。有一刻，我似乎看到妈妈在那边的卖肉区。在那里，一颗颗羊头被高高挂起，只为能卖得快些；成群结队的苍蝇围着羊眼周围的分泌物飞上飞下，从羊肉上渗出的鲜血形成细流，染红了下面的石板。被我误认为妈妈的女人，其实是一位长着直发的梅斯蒂索[1]妇人。记得我和妈妈逛完市场后还打算去裁缝店取一件裙子，那是专门为我的生日定做的。于是我一个人穿过马路，来到那家坐落在苏萨库蒂尼奥大街的小裁缝铺。店铺前面有一张水泥长凳，我坐在上面焦急地扫视着过往的行人。不

1　梅斯蒂索人（mestiça）：又译“麦士蒂索人”“马斯提佐人”，曾在西班牙帝国与葡萄牙帝国使用，指欧洲人与美洲原住民祖先混血而成的拉丁民族，也泛指欧洲人与其他当地祖先所生的混血儿。

久，我看见妈妈正朝我的方向走来，边走边大声呼喊着我的名字。终于找到我后，她埋怨起来，说没有她陪着过马路会很危险，很可能会被车撞到。说着说着，泪水就涌出来了，弄花了眼线……

裁缝正俯身在一台胜家牌缝纫机前埋头干活。他身材矮小，患有肺结核，总爱称妈妈为玛丽·安托瓦内特[1]王后，称我为王后的侍女。看到妈妈进来，他立刻起身打招呼，然后拿出那件前身钉着白色心形纽扣的连衣裙。布料是我们在萨拉托加商场买的，上面的图案令人着迷。那是一个小女孩和一个小男孩在母亲的陪伴下野餐的情景。在第一幅画面中，女孩一只胳膊搂着洋娃娃，她哥哥在不远处和一条小狗玩耍；另一幅是母亲正在给孩子们喂冰蛋糕和茶水的情景；最后一幅是一家人准备回家的画

1　玛丽·安托瓦内特（Marie Antoinette，1755—1793）：法国国王路易十六的妻子，死于法国大革命。

面：父亲正打开车门，让小男孩爬进车里。画面中的女孩穿着一件相同面料的裙子，裙子上面的图案也描述着完全相同的故事，这让我感到无比好奇。

裁缝一边从妈妈手中接过钱，一边说，并不是每个不说话的孩子都反应迟钝，但有些确实如此。我仍然沉浸在画面中那种轻松的家庭氛围中，并没有意识到他说的是什么意思。我漫不经心地看了裁缝一眼，觉得他的笑容一点儿也不讨人喜欢：他嘴里的牙齿不但所剩无几，而且均已腐烂。我又看了一眼同样在微笑的妈妈，她的脸庞依然那么美丽。她把找回的零钱放进钱包，向裁缝道谢后，拉着我的手径直走出铺子。没走多远，她突然跟我拉开了距离。她说裁缝说的对，人们都以为我是个聋哑人。妈妈认为这是由于她一直以来对我的过度溺爱造成的。说这些话时，她的脸上带着失望的表情，仿佛变成了一个完全陌生的人……

我突然意识到，自己并不是妈妈失望的真

正原因。我回头细看，想弄清楚那失望究竟始于何处，但视线模糊，看不到清晰的画面；我又急切地向前远望，想弄明白它将在何处结束，视线穿过远处的大海，看到在海浪最高处滑翔的海燕，还有更远处的天际线，但始终弄不清妈妈的不快乐会在哪里终止……

路过阿尔瓦罗·费雷拉大道时，妈妈让卡埃塔诺在一家咖啡馆前停下来，我们打算进去喝些冷饮。落座后，我突然看到爸爸坐在对面尽头的一张桌子旁，正全神贯注地同马什卡雷尼亚什先生交谈着什么。本该在外地出差的他看到我们，似乎吓了一跳。他来到我们桌旁，用连马什卡雷尼亚什先生都觉得尴尬的礼节向我们打招呼。马什卡雷尼亚什先生坚持为我们付了钱，然后和爸爸一起把我们送上车。我看看后面，又看看前面，然后把目光落在了妈妈的身上。

她虽然昂着头，但已开始轻声啜泣，眼线膏随着泪水淌下来，弄脏了脸。虽然我依然觉得她十分漂亮，但此情此景仿佛是个路过的陌生人，尽管会在一瞬间给人留下深刻印象，但在离开后的几秒钟就被遗忘了。

5

妈妈一直闷闷不乐，让我有种不祥的预感。很快，我自己也开始感到迷惘和困惑起来。我思前想后，想弄清楚从妈妈开始不高兴到我开始困惑之间隔了多长时间，却怎么也算不出来。她表达悲伤的方式有很多种，有不满、忧虑和躁动。这些方式在一天早晨她给伊菲吉妮娅发出一个又一个指令的语气中开始显露出来：看天气下午会有大雨，午后务必把爸爸的衬衣收起来；今天务必把地板清洗干净，因为克里奥不但总是把花园里的幼苗弄得东倒西歪，还总把泥巴带进屋里……对于妈妈发出的每个指令，伊菲吉妮娅都会用“是——的”来回答。我注意到，这两个字从她嘴里挤出来的时候，并不是那么干脆。我一边喝着加了糖蜜的木薯粉糊——那是我最喜欢的食物之一，一边让伊菲吉妮娅给我扎辫子，做着去学校的准备。

第二天，伊菲吉妮娅要回卡松盖看望家人。妈妈曾经送给她一个帆布手提箱，上面贴着的葡萄牙航空公司的标签已经破旧开胶。我问伊菲吉妮娅坐火车到卡松盖需要多长时间，她回答道："时间太长了，想起来就头疼。"她说，你越想，时间就越长……此时，房间里充斥着收音机的噼啪声，时钟的嘀嗒声，还有新买冰箱的嗡嗡声。自打搬到罗安达以来，爸爸的薪水就涨了不少，家里添置了很多东西：一台新电视、一套新沙发、一辆新轿车……

然而，这些象征着爸爸在政府部门职业成就的装备却让妈妈高兴不起来，她常常提起本格拉，想念那里的简单生活。她特别担心伊菲吉妮娅回家的事儿，如果被铁路部门和安哥拉民族解放阵线[1]的人发现她不仅肤色白皙，而且还会讲葡萄牙语，那会发生什么呢？伊菲吉妮娅让妈妈不用担心，民族解放阵线控制的区域离卡松盖非常远，再说她的葡萄牙语一张嘴就错误百出，总之……听了她的话，妈妈非常恼火，说我应该找一个比伊菲吉妮娅更好的伴儿，因为人家总有忙不完的事。伊菲吉妮娅给我扎好辫子后，又去院子里收取晾晒的衣服。

妈妈穿着一双旧的皮面凉鞋，脚尖的位置已经磨掉了昔日的光泽。她心不在焉地摸了一下耳垂，发现一只耳环不见了，便开始在桌子上翻找。报纸下面没有，她又沿着走廊往南走，边走边大声叫嚷，嫌房子里乱七八糟的，什么都找不到。刚进厨房，她便发出一声尖叫，一只手紧捂着头，另一只手将一个她认为

1　安哥拉民族解放阵线（Frente Nacional de Libertação de Angola，缩写 FNLA）：安哥拉主要政党之一，曾是安哥拉独立战争（1961—1974）中的主要武装力量之一，1992 年转为政党组织。

是昆虫的东西弹了出去。那东西在地毯上转了两圈后停了下来，正是她丢失的那只耳环。妈妈把它捡起来，戴在耳朵上。然后，她迫不及待地催我快点出发，因为我们在罗安达一个医生诊所的预约快要迟到了。

妈妈并没有提过看医生的事儿，只是说我们要去那所圣约瑟夫修女会学校见一位修女，还说圣诞节过后我就要去那里上学了。可对我来说，那是多么遥远、多么漫长的事儿啊！我开始意识到，妈妈可能隐瞒了什么。多年来，我就像一只小鸟，大口吞咽着她径直放进我嘴里的所有食物、话语和想法，但只有一部分被我咀嚼消化了。而现在，我开始思考什么是真与假，什么是善与恶；我开始在吞咽之前就把它们区分开……

妈妈看了一眼挂钟，说我们的时间不多了，让我赶快吃。慌乱中，我把木薯粉糊弄洒了。她咬着牙，发出咯咯的响声，然后告诫我要学会小心，马虎的毛病要不得，那搓手顿足的样子，让她的脸也跟着扭曲变形。我想把目光从她脸上挪开，一方面因为自己做了错事，另一方面因为这张脸确实很难看。此时，伊菲吉妮娅提着一篮衣服走了进来。妈妈又用同样的语气开始责问她站在那里磨蹭什么，没看见地板需要清洗吗……

圣约瑟夫修女会学校负责人带我们参观了一间教室。当然，它很快也会成为我的教室。由于年龄，这位修女的脸部有些粗糙，但非常友好。她领我来到教室的一个角落，那里用泥塑展示了耶稣诞生的场景，那些安静的小泥像都是教室里另一个角落的孩子们自己亲手做的：耶稣、圣母玛利亚、牧羊人、三位贤士，还有几位天使，都挤在那个临时暂住的马厩里……修女会负责人说，尽管离耶稣出生日——圣诞节还很远，但如果我给她唱颂歌听，她就会让我亲手把婴儿耶稣的塑像放在马槽里。我唱了《熟睡的男孩》的前几句，她看上去很高兴。但妈妈却望着窗外，一副心事重重的样子……

诊所的候诊室里有个带纸杯架的冰水壶，我抽出一个杯子后，吃惊地发现它又自动补充了一个。我无法停止这个充满奇迹的游戏，直到妈妈用利剑般的眼神狠狠盯住了我才罢手。进了诊室后，医生先给我打了两针，一针是预防白喉病的，另一针是预防昏睡病的。他告诉妈妈，我没有任何问题，很快就会开始说话，唯一需要注意的，就是在家里要确保跟我说葡萄牙语，不要说孔卡尼语。随后，医生让妈妈躺下，开始给她做检查。他一边检查，一边低声说着什么，妈妈则不停地呻吟着。

透过窗户向外望去，我看到之前坐在接待处的那名梅斯蒂索护士出了诊所，骑上一辆自行车离开了。妈妈显得有些紧张，不仅说话的速度开始加快，而且说话的内容也有点儿随意。她说那个接待员真漂亮，医生一边挠着自己的光头，一边说她每分钟能打六十个字，比之前那个来自阿尔加维[1]的接待员快多啦。“有位来自印度果阿邦的医生，”妈妈漫无目的地说，“不是已经找到了治疗昏睡病的方法了吗？”医生回答说，是，但他认为……

这时，医生扭过头开始跟我说话。他宽大的脸上挂着微笑，光秃的头顶闪闪发亮，让我想起了那个在米拉马尔电影院外面表演并出售氦气球的哑剧小丑。他告诉我，妈妈要生孩子了，她的身子很快就会大起来。我想起自己曾有过的一只滚圆且能够飘在空中的红色气球，那是在爸爸妈妈去看那部名为《黑色奥菲斯》的电影时，伊菲吉妮娅给我买的。为了不让自己哭出来，我把注意力集中在墙上一张视力表上，表上的字母一行比一行小。如果眯起眼睛，我甚至可以看清最下面那一行。墙上还有一张宣传苯那君药品的海报，上面有个孩子正

1　阿尔加维（Algarve）：葡萄牙的一个大区，位于该国最南端。

开心地吞咽着妈妈用小勺喂给他的灵丹妙药。那位妈妈金发碧眼，风姿绰约，像斯堪的纳维亚人……

我的目光再次回到妈妈身上，发现她似乎完全变成了一个陌生人，虽然样子有点儿迷人。她微笑着和医生道别，又微笑着拉起我的手。很难想象，在她背叛我的情况下，我竟然还能扭动嘴唇，绷紧脸上所有肌肉，挤出一个微笑来回敬她。向妈妈做出如此虚伪的微笑，会让我难过吗？或许，承蒙她的影响，我是个不错的模仿秀演员。离开诊所时，医生不失时机地给我递了一个棒棒糖。棒棒糖质量并不好，一进嘴里立刻就融化了。妈妈在我前面走。刚开始，我们之间的距离并不远，但她每走一步，我就得赶两步才能跟上，否则就落在后面了。这样计算后，我就不再赶那第二步了。于是，我们的距离越来越远。她大声叫我别落下，我假装没听见。

妈妈让伊菲吉妮娅把前面那个卧室的床

铺好，然后告诉我，从现在开始，我要一个人睡在那里了。她说，我已到了一个人睡觉的年龄，不能再拖了；而且，我很快就是个大姐姐了。夜幕降临时，妈妈把我带到那个新卧室，我们投射在墙上的身影又高又大。我坐在床边，两个手掌心朝上放在一条腿上，一直盯着墙上放大的身影。当我和妈妈的身影相遇时，那轮廓犹如一个可怕的怪物。妈妈告诉我，如果生的是个女孩，就起名叫玛德琳娜；如果是个男孩，就跟爸爸叫亨里克。

她翻开被单给我盖好，然后贴近脸吻了吻我。她的脸圆如满月，由于靠得太近，遮住了所有光亮。妈妈离开后，有很长一段时间我都一直清醒着。感觉床很窄，从一侧翻到另一侧，怎么也找不到一个舒服自然的睡觉姿势。气温开始逐渐下降，我感觉到了凉意。入睡后，我做了个梦，但梦境非常古怪，而且特别混乱。半夜醒来，才想起妈妈不在身边。

第二天早上醒来，在长长的衣橱镜子里瞥

见了自己的影子。镜子的边框是用蓝白相间的上光花瓷镶嵌的，图案是微型风车。我开始仔细打量自己：黑亮细长的眼睛，乌黑浓密的眉毛，油光晶亮的头发；长鼻子，宽鼻梁，跟爸爸的一模一样；还有一副我出生几周后就一直戴着的金耳钉。我的脸，则是另一种情形，那是一道我从未见过的风景。这个意外的发现，让我无比激动。有那么一段时间，我喜欢独自哼唱歌曲，它不是救世主的摇篮曲，也没有用我学过的任何语言，而是一个我自己随意哼哼的曲调。也许曲调与发音并不和谐，但可能比真正的语言更能让人感到慰藉。

6

妈妈肚子里的婴儿在出生时就已经没有了生命迹象，当时我正在学校。那天早上，一位来自葡萄牙科英布拉[1]、曾经是个修女的老师让我双手放在头顶，站在教室前面。尽管我开始意识到，自己越来越频繁地被要求摆出这种姿势，但始终不明白自己到底做错了什么。我之前也被这样惩罚过。当时，这位来自科英布拉的老师问我们有谁听说过巴尔托洛梅乌·迪亚

1　科英布拉（Coimbra）：葡萄牙中北部城市，科英布拉大区的首都。

士[1]这位历史人物，其他同学都没有回答，但我最近碰巧在天主教广播电台听到了一则关于切·格瓦拉[2]与阿戈斯蒂纽·内图[3]会面的新闻。报道说，他们一起朗诵了诗歌，格瓦拉还告诉内图，迪亚士是个侵略者……我正在厨房餐桌边吃伊菲吉妮娅放在我面前最多的那份油炸芭蕉，就听到播音员愤怒的声音：侵略者！于是，当来自科英布拉的老师问有谁听说过巴尔托洛梅乌·迪亚士时，我便大声重复了播音员的话：他是个侵略者。老师对我说的话感到非

1 巴尔托洛梅乌·迪亚士（Bartolomeu Dias）（1450—1500）：出生于葡萄牙一个王族世家，曾带领船队航行至非洲大陆最南端并发现好望角，为葡萄牙开辟通往印度的新航线奠定了基础。

2 切·格瓦拉（Che Guevara）（1928—1967）：出生于阿根廷罗萨里奥，阿根廷马克思主义革命家，是古巴共产党、古巴共和国和古巴革命武装力量的主要缔造者和领导人之一。

3 阿戈斯蒂纽·内图（Agostinho Neto）（1922—1979）：安哥拉政治家，为安哥拉人民解放运动主要领导人之一，1975年担任安哥拉独立后的首任总统。

常震惊，表现出极不高兴的样子。她的脸上写满了虔诚和狂热爱国主义的复杂表情，她之前曾一度引以为傲的所有知识和信仰的大厦，此时似乎都被踩在脚下。她来到我的课桌边，一把揪住我的胳膊，把我拉到教室前面。

以我为例，她开始了说教，一会儿指着墙上的世界地图，一会儿又指着黑板上方萨拉查[1]的肖像，最后将手的方向落在门头上方那个十字架上。那滑稽的动作惹得女孩们哄堂大笑，还有些孩子在窃窃私语，直到她用力拍手，孩子们才安静下来。她用颤抖的声音宣布，巴尔托洛梅乌·迪亚士是受若昂二世国王和伊莎贝尔女王的派遣进行航海的。她说迪亚士历经海上风暴、海难事故和自相残杀等种种凶险，才将安哥拉宣布为葡萄牙的领土。她

1　安东尼奥·德·奥利维拉·萨拉查（António de Oliveira Salazar，1889—1970）：葡萄牙总理，统治葡萄牙达 36 年之久。作为葡萄牙的独裁领导者，他一生备受争议。

说，巴尔托洛梅乌·迪亚士的使命是让安哥拉当地居民走向文明，他的血统是源远流长的葡萄牙贵族血统。正是那些葡萄牙贵族，教化了我们这些曾经衣不蔽体、住着泥穴茅舍的怪物！讲完这些话时，这位科英布拉老师正站在我身边，但她的脸模糊难辨，我似乎看不到她。她说话时呼出的口气里有股馊臭的味道，就像锅里放久了的洋葱和咸肉的味道。

每天，总有这个或那个女孩受到她的羞辱。因此，我尽量不把她对我的羞辱放在心上。有传言说，这位科英布拉老师的丈夫抛弃了她，到内地和一位信仰耶和华见证会的当地妇女生活在了一起。这也是她为什么离开修道院，远涉重洋来到安哥拉的原因。关于科英布拉老师的典型特征，我很难说清楚。她身上那些过时的衣服根本不适合罗安达的气候：羊毛长裙、高扣衬衫和一双厚厚的长袜。只要一个上午的时间，她那涂着一层薄薄彩妆、苍白而多汗的脸就会结上一层硬壳。她的双手从来没有安静过，总是神经质地搓绞在一起，手指甲也总是被她咬得光秃秃的。仔细观察着她，我猛然觉得用“心碎”这个词来形容她再合适不过了。我立刻下定决心，绝不允许这样的事情发生在自己身上。

在表达完对巴尔托洛梅乌·迪亚士的敬意之后，科英布拉老师愤愤地将矛头指向我：“你有什么要说的？”到目前为止，我真的没什么可说。我是谁？我是怎么来到这里的？一些简单的地理和历史事实在我脑海中浮现……前一天晚上，我坐在自己房间的地板上，在克里奥的肚子上翻拣跳蚤，然后用手指将它们碾碎，我的胳膊就是那时被咬的。那一刻，我两只胳膊痒得厉害，疯狂地用手挠着；因为午饭吃得太快，我还不停地打着嗝。科英布拉老师已经排空了她肠道里的气体，但我无法控制自己的肠道，气体一泄而出。

因为在科英布拉老师面前放屁，我又一次被拖到教室前面罚站，双手放在头顶。对于自己受到的惩罚，我既不感到愤怒，也不觉得懊悔。在装有萨拉查肖像的条纹玻璃框架的表面，我看到了老师的影子，还有教室里的女孩们。她们穿着长袜和格子校服，在五音不全的科英布拉老师的领唱下，正机械地唱着国歌：“海上的英雄，高贵的人民，英勇与永恒的国度，让今天再次彰显葡萄牙的辉煌吧……”

我听到窗外乌鸦的叫声，哑哑，哑——哑。一名工人提着一桶石灰水穿过院子，前来粉刷圣若瑟[1]的白色雕像。有一两次，工人把石灰水溅到了桶外面。海风裹着尘土在空中漫舞，阳光不时地透过棕榈叶洒在脸上。时间一分一秒地流淌着，不知过了多久……也许是因为在教室前面站的时间太长，导致血液循环不畅，我开始出现幻觉。我脑海中一开始出现

1 圣若瑟（São José）：耶稣的养父，“圣若瑟”是天主教的译名，基督新教译作“圣约瑟”。

的，是“一战”爆发前三个饥肠辘辘的牧童在科瓦达伊利亚山谷[1]游玩的情景。不久，又产生了新的幻觉，不过这次幻境中的主人公可不值得为她行宣福礼，因为那是科英布拉老师丈夫的情妇。我看到她正端坐在广萨河[2]附近一个幽静山谷里一所房子的门廊上。据说天黑后女巫会出来帮你剪指甲，剪下来的碎屑会以看不见的方式在空中飞舞，让敌人失明。而此时端坐在门廊上的科英布拉老师丈夫的情妇正在做这样的事，身边有雾气正在向空中升腾。所有幻觉过后，我发现站在我身后的，既不是圣母玛利亚，也不是科英布拉老师，而是那位慈祥的修女会负责人。她悄无声息地出现，并没

1 科瓦达伊利亚（Cova da Iria）山谷：据说 1917 年 5 月在葡萄牙法蒂玛城附近一个名为科瓦达伊利亚山谷的地方，三个牧童遇到了从天而降的“玫瑰夫人”（圣母玛利亚），她给孩子们带来了三个寓言的故事。

2 广萨河（Cuanza River）：安哥拉的河流，在首都罗安达以南流入大西洋。

有让我感到不知所措，更没有让我大惊失色。

她领着我走出教室，然后把双手放在我娇小的肩膀上，直接告诉我，孩子生下来就死了。生下来就是死的，她重复着……我想起在萨尔瓦多科雷亚大街一个游泳馆里看到一个女孩从游泳池里上来后摘下泳帽时的情景：长长的金发一直垂到后背；要是这位修女会负责人晚上洗澡时摘掉头上的温帕尔头巾，是否也是一头长长的金发呢。

爸爸正在学校门口等我，眼里噙满了泪水。他拥抱我的样子仿佛根本不是在抱我这个活生生的人，而是在拥抱一个幽灵。“亨里克死了。”他说。我脑海里想象着一个小生命，明亮的棕色眼睛像布娃娃一样睁开又闭上。玛丽亚妇产医院的电梯一直向上爬行，我的耳朵胀得难受。最后，电梯把我们带到一个很高的楼层，走廊里白色的墙壁宽大空旷，是明显的旧殖民地风格。护士们穿着橡胶底的鞋子来回穿梭，时不时地低声认真交谈着。我看到有的产妇正在睡觉，有的坐在床边编织物件或相互交流，还有几个正在让婴儿吮吸自己的奶水。

陪同的护士在一个病房门口停下来，把妈妈指给我们。她正斜靠枕头望着窗外，膝盖上放着一本《时代周刊》。听到我的呼唤声，妈妈慢慢地朝我转过身，就像电影中两个久别的人意外重逢的镜头一样。但走得越近，越发觉妈妈凝视的似乎并不是我，而是我身后别的地方。她等待的似乎不是我，而是另一个人，一个可能永远也不会到来，但总是让她望眼欲穿、心跳加速的人。

摆脱了重量的束缚，妈妈的肚子有节奏地起伏着。她告诉我，小亨里克将被装入棺材，葬在墓地下面的泥土里。阿尔托克鲁兹公墓位于圣多美大街附近的一个高坡上，经常有机场的飞机在不远处起飞、盘旋。我想象着自己站在墓地中央，周围是一架架飞机的情景。伊菲吉妮娅会穿上她那件漂亮的蓝色哔叽连衣裙，卡埃塔诺则会穿上爸爸的旧西装。爸爸也许会再次放声痛哭，泪珠会一直滴落在他漆皮鞋的脚尖上。马什卡雷尼亚什先生会站在较远的地方……

我很想知道，小亨里克是否真的在棺材里，或者棺材根本就是空的？这一想法可能会驱使我去敲一敲那个棺材，然后再打开盖板，看看亨里克是否会像拉扎勒斯症[1]表现的那样，干干净净的，四肢轻盈地从坟墓里走出来？小亨里克会在梦中和我相见吗？他会把我召唤到那个死人的世界吗？……

在之后的几天乃至几周里，我一次次地想起他，每一次都是突然出现在我脑海中。然而，他的身体并不充盈，而是虚幻的：虚幻的头发、虚幻的眼睛、虚幻的身体，还有虚幻的小鸟……所有这些就像念头一样，一闪而现，

1　拉扎勒斯症（Lazarus）：指假死现象，即心脏停止跳动后，一段时间又恢复了正常功能的现象。

又一闪而过。我到院子里收取晾晒的睡衣时，小亨里克会跟我来上一场拉锯战，睡衣便成为最终的牺牲品；我在刷牙时摇晃一颗疼痛的牙齿时，亨里克会出现在镜子里，嘲笑我。没人看着的时候，小亨里克会从餐柜上的碗里把钱偷走。只有在梦中呼唤他的名字时，小亨里克才会与我保持一定距离。我越叫，他躲得越远；我去追，赤裸的双脚被岩石划开了口子，我爬起来，又摔倒。

此时，妈妈出现了。“你在干什么呢？”她问道。然后把我放回床上。她的头发剪得像男孩子那么短，两个乳房鼓鼓的，充满了奶水。半夜，妈妈感到不太舒服，便下床在屋里不安地徘徊着。因为妈妈一直睡到上午，所以伊菲吉妮娅准备送我去上学。她给我编好辫子，然后再盘起来。放学回家，我看到妈妈仍然穿着宽大的睡衣，赤裸的双脚有些肮脏。她有很多喝茶的杯子，空杯子散落在屋子的各个角落。这也是她精神状态的真实写照。她把储藏室锁好，开始把钥匙藏在冰箱后面，并怪异地咕哝着要防止小偷。

她老是抱怨伊菲吉妮娅饭菜做得不可口，几乎什么也不吃。经过我的卧室时，如果发现床铺没有整理好或枕头摆放的位置不对，她就会勃然大怒。她不再阅读其他书籍，而是将《圣经》视为珍宝，每天形影不离，能随口背诵《箴言篇》中的段落。一天晚上，我坐在厨房餐桌边一边嚼着可乐果，一边做算术题。虽然我极力隐藏，但还是被她发现了嘴里的可乐果。她问我从哪里弄来的，我回答说是学校里的好友苏珊娜在放学回家的路上从灌木丛中摘下来送给我的。

嘴里塞满了可乐果的我开始吞吞吐吐地对虚构的灌木丛进行具体描述。最后，妈妈伸过手掌，我把可乐果吐了出来，一股红色的唾液随着可乐果在她的掌心散开。“顺便说一句，”妈妈说，“这里不长可乐果，可乐果生长在安布里什[1]。所以，要么是你在撒谎，要么是你的想象力太丰富。”她说我变了，变成了一个不诚实的孩子，一个她不再信任的孩子。

妈妈把我辫子末端的头绳扯了下来，然后将绳结解开。第二天早上，苏珊娜看到我在学校门口与伊菲吉妮娅告别，问为什么是佣人送我上学。我告诉她，因为弟弟死了。她同情地拉了拉我的手。这是一个极大的安慰。那天放学时，我说服苏珊娜送给我一枚罕见的来自圣多美岛[2]的航海邮票。

1　安布里什（Ambriz）：安哥拉城市，由本哥省管辖，在罗安达以北。

2　圣多美岛（Sao Tomé Island）：位于非洲西海岸几内亚湾，是圣多美和普林西比共和国的两座主岛之一。该国另一个主岛为普林西比岛（Principe）。

7

万圣节那天，学校组织我们去罗安达岛游玩。岛上的沙滩洁白细腻，与小时候在安博因港度假时的海滩一样。有游人在野餐，但大家都不能下水，因为当天早上，一艘埃及油轮发生了泄漏事故，海面上到处都是浮油，绵延数公里。但苏珊娜的妹妹伊内斯并不明白危险的存在，固执地朝大海跑去。她们的妈妈拖着沉重的脚步在后面追赶，试图向伊内斯解释问题的严重性，但起不到任何作用。只要我们一转头，她就又会朝海水跑去……岛上的城堡驻扎了很多士兵，远远望去，就像一个个玩具战士。一名士兵追上伊内斯，把她带回到我们所在的地方。士兵离开后，伊内斯的妈妈给了她一巴掌。苏珊娜有点儿尴尬，将目光移到了别处，附近的人们也不约而同地将目光挪开了。对于这样的“暴行”，没有一个人提出异议，而小伊内斯本人对这样的惩罚似乎已经习以为常了，只是本能地蜷缩着双腿，身子晃了几下，嘴里默默地念叨着什么。

我反复琢磨着这件事，突然悟出一个道理：那些伤害你的人往往就是那些声称要保护和关心你的人。我不失时机地把自己的想法同苏珊娜分享。我们一起在海滩上捡拾贝壳，而我们的周围是一个充满完美阴谋的世界。苏珊娜望着大海告诉我，她妈妈很伤心，因为她们的女佣米拉格雷逃跑了。“因为战争，我们一家可能不得不去南非生活了。”她接着说。“什么战争？”我不解地问道。“我也不知道。”她耸耸肩回答。苏珊娜的父母经常为此事争吵，她父亲最近还说要卖掉所有资产，其中包括几个农场和一个蒸蒸日上的棉花出口企业。一位生活在开普敦的叔叔会帮他们处理好前往南非的事宜……

苏珊娜眯着眼看了一眼天上的太阳，然后把脸转了过来。大家来到码头，坐下来开始享用露天午餐。我们吃的是面包和裹了辣椒酱的鸡腿。其他女孩们有的在沙滩上翻跟头；有的在潮湿的地方写下自己的名字，然后看着海浪拍打着沙滩把名字淹没并抹去；还有的悄悄抓起一把沙子扔向同伴，然后装出一副什么都没有发生的样子，惹得修女会负责人一脸不悦。下午，我们乘坐渔船来到海上。我低头看着脚下的甲板，发现它已破旧不堪，曾经绿色和灰色的油漆涂层已经剥落，从木板之间的缝隙可以看到卷着黑色漩涡的大西洋海水……

渔船绕过卡波岛[1]最北端时，我回头望了望圣米格尔堡。关于这座城堡闹鬼的各种谣言在当地传得神乎其神，据说诗人卡蒙斯的鬼魂就盘踞在城堡里，而且从城堡高塔上就能看到

1 卡波岛（Ilha de Cabo）：即罗安达岛（Ilha de Luanda）。

他那巨大的独眼罩。事实上，城堡看上去并不壮观，似乎只是一座能够将灯光映照在海面上的灯塔。我很想知道，巴尔托洛梅乌·迪亚士和那些水手们在海上是否能看到驼背鲸？他们是如何从遥远的位于阿连特茹省[1]的家乡被带到这里来的？他们孤零零的一队人漂泊在大海上，是不是也会瑟瑟发抖？当夜晚来临，苍茫的大海上一片漆黑，只有南边天空的点点星光为他们指引方向，那样的夜空与他们家乡的夜空有什么不同呢？他们一定也曾不停地祈祷，希望自己的晕船症能够早日结束。

我凝视着圣母玛利亚的雕像。她矗立在卡尔莫河上一个有利的位置，曾眼睁睁地看着成群结队的奴隶被押上前往巴西的轮船。无数个古老的安哥拉部落从此迷失在另一个陌生的大陆，更不用说巴西当地印第安人的大片家园被

1　阿连特茹省（Alentejo）：葡萄牙历史上的一个省，位于葡萄牙中南部。

抢夺，无数森林被砍伐，全都变成了强迫奴隶耕作的糖料种植园。我很想知道，对那些奴隶来说，家乡到底意味着什么？他们究竟辗转了多少路程才最终到达那里？看着翻腾的海水，我很想知道，大海会将这样的秘密泄露给世人吗？其间又充满了多少恐惧，多少伤感，多少期盼呢？我还想知道，生命本身是否就是一场可怕的海上旅程？想到这里，我突然感到一阵恶心，伏着栏杆不停地干呕，好像胆汁在身体里已经凝结成块似的……

退潮时，我们看到出海的渔民们正陆续归来，他们的小船上装满了鲯鳅鱼。然而，这些刚捕到的彩虹色的鲯鳅鱼此时有很多已被泄漏的原油污染，渔民不得不把它们一个个丢弃。我把在海滩上收集的贝壳如宝贝般紧紧地攥在手里。一个小贩在兜售花生酥糖，苏珊娜的妈妈给了我们一点钱，让我们去买些吃。

黄昏时分，我们才从罗安达岛回到家。妈妈正蹲在花园里干活，克里奥蜷缩在她身边。

妈妈喜欢在花园里侍弄那些花草，她能一直安静地工作到深夜。园子里所有的花都开得正旺：辣木的白色花朵，三角梅的紫红色花瓣，还有，整个房子里都弥漫着茉莉花和鸡蛋花的香味。她身穿一件长衫，头戴一顶老旧的黄色太阳帽，我们在本格拉的时候，她就经常戴那顶帽子，宽大的帽檐向下弯曲，能很好地遮住她的脸。

为了重温旧日时光，我捂住妈妈的双眼，弯腰给了她一个吻。她惊喜地喊道："我的小流浪汉回来了！"我突然觉得，这并不是我们发自内心的举动，更像是在外人面前表演的一场戏……

伊菲吉妮娅从我们身边经过，她准备收取晾晒的衣服。苏珊娜的妈妈在院子里一边踱步，一边说自己怎么也想不通为什么她们的女佣米拉格雷会不辞而别。她找遍了罗安达的大街小巷，甚至还给她生活在莫桑梅德斯的父母发了电报。"谁知道呢，"她说。"也许米拉格雷已经怀孕了，对方就是我们房子后面那个建筑工地上的一名工人。”

伊内斯在和克里奥玩耍，妈妈让我领苏珊娜到我的房间玩。来到我的房间后，我问苏珊娜想不想玩游戏，想玩纸牌游戏还是发现之旅游戏。最后，我们选择了自己创作的游戏，游戏并没有什么规则可言，但苏珊娜的一件物品最终还是归我所有啦。这个游戏我玩得十分熟练，在过去的几个月里，我赢了很多物件，其中有一个瑞士小屋形状的书镇，当你翻转或摇动它时，里面就会有白色的东西飘落，宛如下雪一般；有一个镶嵌着光滑月光石的银手镯，不过现在缺了一块月光石；还有很多枚苏珊娜收藏的邮票。我最喜欢的物件要数那个西洋镜啦：将一张张大卡片插在里面，就会反射出世界七大奇迹的三维画面。我是在苏珊娜的房间里得到这个西洋镜的，那是个让我感到无比荣耀的房间，因为我对它似乎比苏珊娜更有主导权。此时，我正躺在自己的床上，手里拿着西洋镜，向前按一下，是吉萨金字塔群[1]的立体图片；往后按一下，是马丘比丘古城[2]的立体图。我一边不停地将手指在前进键和后退键之间移动，一边告诉苏珊娜我有多么喜欢这个西洋镜。但事实上，这样的征服游戏以及我所得到的一切物件，是对我的一种羞辱。我想要什么，她几乎都会给我；我理亏时，她会挺身而出为我辩解；我犯错时，她会跟着我一起犯错，模仿我最糟糕的行为。有时，当她闭着眼睛低声自言自语时，我会突然上前抓住她，问她在干什么，她则毫不掩饰地告诉我，她在祈祷。她会一本正经地向我描述她用来参加坚信

1 吉萨金字塔群（the Pyramids of Giza）：位于尼罗河三角洲的吉萨，修建于约公元前 2575 至前 2465 年，由古埃及第四王朝的胡夫（Khufu）、哈夫拉（Khafra）和孟卡拉（Menkaura）三位法老建造，是古埃及金字塔最成熟的代表。

2 马丘比丘（Machu Picchu）古城：又译“麻丘比丘”，位于秘鲁库斯科省西北 75 公里处，由秘鲁著名的前哥伦布时期印加帝国在 15 世纪建造，也是世界新七大奇迹之一。

礼的白色礼服，并开始虔诚地在脖子上佩戴金十字架。

我们站在镶嵌着上光花瓷的旧衣橱前，花瓷上面蓝色的小风车看起来有种朦胧的美……厨房里传来了天主教广播电台播放的塞尔吉奥·戈迪尼奥的流行歌曲《坠入爱河》：“我给她写了一封信，我的信笺清香四溢，我的笔迹端庄秀丽。我真诚地赞美她，她的微笑如此灿烂热情，如此让人愉悦，一如夏日里的阳光……”这位歌唱家曾经给他心爱的人写过很多封信，热烈地表达着自己的感情，但所有告白都遭到了无情拒绝，令人同情。

“我在堤道上为她买了蜜糖。”苏珊娜开始跟着哼唱起来。我突发奇想，向苏珊娜宣布：我们俩也属于恋人。她说，只有脱掉衣服，赤身裸体地躺在一起，才能叫恋人。我对着她在镜子里的影像说话时，我的影像同时也在对着她的影像说话。“那好吧。”我说。于是我们开始把衣服脱掉，但我并不知道接下来要做什么。“现在我们该怎么做？”我问。“生孩子。”她提醒道。她让我先躺在她身上，然后她再躺在我身上。

苏珊娜说，她爸爸对女佣米拉格雷就是这样做的。我感到一阵厌恶，起初针对的是苏珊娜，后来又针对我自己，到最后感到整个世界都令人作呕。我一下子爬了起来，嘴唇噘得高高的。我斥责苏珊娜要么是个骗子，要么就是想象力太丰富。我告诉她，她变成了一个我不再信任的人。我们穿好衣服，她一脸困惑地望着我，而我则开始收拾书镇、手镯和西洋镜，准备把这些东西统统还给她。就在那时，我们听到了脚步声和说话声，是苏珊娜长期受苦的妈妈在喊她。

来到门口，苏珊娜和我行了吻面礼，好像什么都没发生似的……我和妈妈返回屋后，妈妈问我刚才玩的是什么游戏。“生孩子游戏。”我回答道。妈妈说那是个愚蠢的游戏。她说苏珊娜是个傻姑娘，她妈妈太单纯。最后，她说：“你想知道怎么生孩子？那太简单了！”

经过海盐和海风的洗礼，我的头发已经脏乱不堪。妈妈从衣柜里拿出梳子，将其插进我的头发里，开始给我梳头。我的床上散落着在岛上捡拾的贝壳，妈妈拿着梳子的手每用一次力，我就瞥一眼那些贝壳。她每梳一下，我就不由自主地想象一下那深色油污在重力作用下慢慢弄湿我头发的情景。我从妈妈怀里挣脱开，迫不及待地想看看自己的头发，同时也想看看自己的脸是否也沾满了油污。最终，妈妈不再给我梳头，而是帮我洗了个澡。

爸爸回来时，伊菲吉妮娅已经准备好了卡鲁鲁鱼。大家自顾吃饭，一言不发。此时，收音机正在播放农场罢工的消息，爸爸一下子跳起来，愤怒地关掉了收音机。“让一群傻瓜成天折腾，这也太过分了！”他喊道。“我为什么会来到这个充满傻瓜的国家？”他一拳砸在餐桌上，桌上的盘子、刀叉和玻璃杯顿时晄当作响。他说我们不会被吓倒。

夜幕降临，院子里的克里奥对着几只欧夜鹰叫个不停，妈妈用完晚餐，起身回到自己的卧室。过了一会儿，我经过妈妈的房间时，看到她坐在床边削苹果，削下来的果皮犹如一条长长的缎带。她嘴里哼着一首古老的孔卡尼语民歌：

就这样，你离开了所有的朋友，

为了那一日三餐，你就这样离开了……

8

在坚信礼那天早晨，妈妈用花园里的辣木花给我扎了好看的辫子。她把辣木花蕾编入我的辫子里后，往后退了一步，仔细打量着我：蕾丝连衣裙，蕾丝面纱，头上还戴着她精心培育的花朵。对自己的杰作，她赞不绝口，说我一下子变成了一个无比漂亮的女孩。然而，她越是这样夸我，我就越讨厌自己的性别和身体的尴尬和不便之处。我非常羡慕那些和我年龄相仿的男孩，他们可以踢球，即使很晚也可以出门，并且想什么时候回家就什么时候回家，还可以在大街上爆粗口。我相信，如果自己是个男孩，很可能就不会与那些花朵有任何交集了，而妈妈的话似乎也预示着什么……

她在自己的卧室里打开那个旧珠宝盒。珠宝盒散发着令人回味的檀香和藿香的香味。这个曾让我为之着迷的盒子，如今却让我心情沉重，仿佛里面的东西是我一心想要放弃的嫁妆似的。妈妈从盒子里拿出一个金十字架给我看，并告诉我这是在她的坚信礼那天她母亲送给她的。她把吊坠翻过来，让我看上面那果阿老金匠的梵文签名。然后，她把金十字架的链子套在我脖子上……

我们在花园里拍了照片。伊菲吉妮娅还送给我一件肩衣[1]，肩衣上面一边是阿维拉的圣特蕾莎[2]，另一面是圣母玛利亚。直到最后，我们才发现克里奥已经无法正常站立。其实在几个月前，我们就察觉到它总是将吃进去的食物吐

---

1 肩衣（scapular）：天主教的肩部服饰，具有神圣的意义。

2 圣特蕾莎（St. Teresa of Avila）：16 世纪西班牙的一位女性圣徒，在西班牙的阿维拉长大，是一位宗教学者和改革者，写有多部著作，被称为为上帝服务的女人。

出来。我们把它抱到厨房里散发着香气的旧咖啡袋旁边——那是它最喜欢的地方，但它只是不停地痛苦哀号。爸爸说我们不得不尽快结束它的生命，我和妈妈都悲伤地流下了眼泪。过了一会儿，妈妈逐渐平静下来，重新画好眼线，以便能够出门。

在去大教堂的路上，我头上用来固定辣木花的发夹松了。我伸手去固定它们，结果花朵掉了下来。白色礼服有点儿紧了，因为从上次给我量完尺寸后，我又长高了不少；脚上的新鞋虽然买的时候大了一码，但现在穿上还是有点儿紧，硌得脚疼。穿上礼服，我感觉自己的胳膊和双腿突然变长了，而且就像我的感官一样不听使唤，仿佛要把我拉向四面八方似的。

那天早上，我什么也没吃，在一连串的所谓祈祷和长时间朗读《使徒行传》[1]的过程中，

1 《使徒行传》(*Acts of the Apostles*):《新约》第5卷，由路加所著，成书于公元75—85年。

我有点儿不耐烦了。牧师读道："五旬节[1]那天，信徒们同心合意地聚集在一个地方……又有长舌般的火焰分别落在各人的头上。于是，他们的身体都被圣灵充满，按着圣灵所赐的口才说起别国的话来。"听到这里，我已大汗淋漓。我抬起头，看见一个老旧的风扇以古老的速度旋转着，横梁上的蛛网在风扇的作用下轻轻摆动，尘埃在彩色玻璃窗琥珀色的菱形玻璃前飞舞。我看了看对面的苏珊娜，她同家人坐在一排，正在虔诚地祈祷。就在几周前，我曾坐在同一个位置上练习祈祷的流程，为这一刻做准备，但就像此刻一样，我什么也没有感觉到；同样，就像此刻一样，在即将接受圣灵的祝福时，我感受到的似乎只有麻木和欺骗。

我凝视着描述耶稣在苦路上第六站情景的画面：维罗妮卡穿着红色天鹅绒礼服，面容娇

1　五旬节（Pentecost）：又称圣灵降临节，在复活节后的第七个星期日，是基督教纪念圣灵降临在使徒身上的节日。

嫩，举起自己的面巾为耶稣轻擦额头。我仔细地打量着那块印着基督的脸的面巾……我想知道是谁把维罗妮卡画成了这种姿势。或许是一名本地画家？我的眼睛扫过耶稣苦路历程的全部画面：耶稣与母亲相遇；古利奈人西门与耶稣共负十字架；耶稣第二次跌倒；耶稣遇到耶路撒冷妇女。我无法理解，怎么能把这样一个故事，这样一个遭受折磨和痛苦的可怕场景，说成是救赎呢？“我们在天上的父。”会众们虔诚地背诵着。我想知道，一个据说也存在于我们的精神之中且让我们共享其肉体的神，怎么可能真的接受这座大教堂是用那么多被奴役的土著劳动者的血汗建造而成的现实呢？而且还是以神的名义；或者，神怎能接受那些无家可归的人们的聚集区离大教堂仅一步之遥的现实呢？此时，我的目光正对着那个既不体面又不神圣的方向。我被那里的景象吸引了，但妈妈让我把目光移开。

我的名字——玛丽亚·克里斯蒂娜——事

实上并不能暗示我的出身。此刻，我突然想到，我本可以取任何一个别的名字——伊莎贝尔、伊丽莎白、费尔南达……如果当年我的先祖带着他们的神逃到山里，我的命运或许会有很大的不同。

前几天我在书架上发现了一本我幼年时非常着迷的儿童读物，它是一本故事集，内容来自印度史诗《摩诃婆罗多》。其中，我最喜欢的是关于沙恭达罗的故事。被林中飞鸟养大的沙恭达罗被丈夫豆扇陀抛弃后，她带着年幼的儿子生活在荒野山林之中。最让我着迷的是关于沙恭达罗的儿子婆罗多与动物融洽相处的那部分，婆罗多竟然可以劝导野虎和狮子张大嘴，以便他能够数清它们的牙齿。每次妈妈读到这部分时，我都会让她停下来再读一遍。比起圣特蕾莎这个名字，我觉得自己应该更喜欢沙恭达罗。在为坚信礼做准备时，我一直在背诵关于沙恭达罗的故事，因为我会觉得她这样的女人更能给人一种亲切感。她自幼与鸟群为伴，后来又逃到森林里独自抚养孩子，并不像有的女人一辈子隐居在修道院狭小的房间里冥思悔过，并刻意让自己遭受痛苦和折磨，以获得某种精神上的狂喜。

这样的想法不断地涌现在我心头，随着每一个新想法的出现，我的汗就不停地渗出。每当牧师把圣餐饼举到空中并掰开时，每当他将其放进嘴里并兴奋地吞下时，每当他喝下圣餐酒时，我就会感到一阵晕眩。很快，新会众开始涌入过道，我知道自己也要加入其中。这样想着，我开始担心自己的身体会有血溢出，弄脏衣裙。这件事我对妈妈隐瞒了很久，但现在除了低声告诉她我的担心，别无选择。她眉头紧皱，对我直到这个节骨眼儿才告诉她很是失望……

事情并没有我们想的那么糟糕。仪式结束后，我们来到比斯波海滩的一座豪宅，那里正在举行派对。我来到洗手间，渗出的血像黏稠的黑色焦油，但并没有想象的那么多。苏珊娜在远处的一棵大棕榈树下等我。她们很快就要去南非投奔她叔叔一家了。她邀请我有机会去开普敦，我明知这几乎是不可能的事，但还是违心答应了。我知道可能再也见不到她了，但还是装作若无其事的样子，让自己不那么痛苦。然而，事情出乎预料，她拥抱着我，早已泪眼婆娑。

事实上，我开始疏远苏珊娜，和另一个名叫安德莉亚的女孩建立了友谊，而眼前的派对就是在安德莉亚家里举办的。安德莉亚的父亲是南非联邦总领事馆的高级官员，总是在不停地执行一个又一个外交任务；其母亲则不停地举办派对，并在阿姆斯特丹的一家诊所长期治疗严重的抑郁症——这是由于她父亲长期不能陪伴而导致的。安德莉亚美丽动人，黑发白肤，略有雀斑，一双蓝色的眼睛发出锐利的目光。她的钢琴弹得极好，总能拿到全班第一，但缺乏自信，总是需要不断的鼓励和安慰。

现在，安德莉亚邀请我去游泳池游泳。我

将自己来例假的事告诉了她。她大笑道："哦，诅咒来了。"不过她还是让我来到泳池边。我跟着她进入水里，但有些拘谨，不一会儿就出来了……她伸直双腿，告诉我她是如何在妈妈不知情的情况下开始刮腿毛的，并教我刮腿毛的方法。她咬着分叉的头发，说自己有很多事都瞒着妈妈。她喜欢上了她哥哥的朋友，一个名叫米格尔的大男孩。男孩在一家造船厂做管理工作。此时，她给我指了指米格尔，开始喋喋不休地说着，憧憬着他俩在一起的美好前景。我抬起头，看到天上的云朵。虽然它们移动得极其缓慢，但如果我静下心来，就能观察到它们位置的细微变化……

我们起身朝房间走去。快到楼梯顶部时，碰到了安德莉亚正要下楼的妈妈，她似乎在楼梯口绊了一下。她的吊带衫垂得很低，脸上的妆都花了，手腕上的手链叮当作响；嘴里叼着烟，烟灰轻轻落在了地毯上。我注意到，她的牙齿被香烟染黄了，而且还有一条小小的缝隙。我发现她喝多了，因为她说起话来口齿不清。“多么滑嫩的皮肤啊。”她抚摩着我的脸说道。“你的父母来自果阿吗？”她问我。我还没来得及说我从未去过那里，她就接着说她想有一天能去果阿。“那里有椰林吗？印度教妇女在丈夫的火葬仪式上真的会投火自尽吗？真的会有圣牛在马路中间反刍食物吗？据我所知，那里根本没有马路……快去吃点饼干吧，很美味的。”她说道。

我们坐在前厅，在各自的膝盖上放了一盘坚信礼饼干，开始吃起来。客厅里聚了很多人，大家一边享用美食，一边观看电视里本菲卡足球队进球的镜头。虽然画面不是很清晰，但每个人都屏住呼吸，被杰米·格拉加在空中翻腾并为球队意外得分的画面彻底征服了。随后，有人换了频道：考尔扎将军正在接受采访，谈论战线正在形成的问题。另一个客人大声要求把频道换回去。欢乐的气氛瞬间消失，两个醉汉争吵起来，并互相冲撞，人们四散开来。

海滩边空气湿润，泳池周围灯光璀璨。安德莉亚让我给家里打电话问问能否在她家过夜，但我并未这么做，而是打电话让妈妈接我回家。电话里，我跟妈妈说安德莉亚喜欢调情，只对男孩感兴趣，她妈妈对她太放任了。妈妈说这个世界上有很多这样的女孩，并且说懂得自重的女孩现在很难找。我回到前厅，坐在安德莉亚身边，低头说道："我妈妈真是个怪物！"安德莉亚说："没关系，也许下次吧。"我们将目光转回到电视屏幕。她问我："你觉得你妈妈是怪物吗？"接着，她开始滔滔不绝地列举她妈妈的缺点和恶行。

但我并没有在听。我的思绪又开始游荡，因为我瞥见了一个坐在对面垫子上的男孩，他正是安德莉亚的意中人——米格尔。他不停地啜饮着手中的啤酒，还时不时地舔着嘴唇上的辣椒。当再次起身去拿啤酒时，他冲我笑了笑。我佯装生气地转过头，然后竟然也笑了。

妈妈和卡埃塔诺来接我时，我依然保持着这样的微笑。直到回到家里，我的笑容才戛然而止，因为我发现克里奥不见了。在我们外出的时候，爸爸带它来到外面，开枪将其打死，并埋在花园里。

9

尽管我们在使用油、糖和天然气时非常节省，但总是觉得不够用。每天都有种植园关闭的消息，整个社区时时有公寓被腾空。晚上，妈妈会喝些我可舒适[1]泡腾水，然后便早早入睡。早晨起来，她偶尔会浏览《安哥拉日报》，但很快就会把目光移开……

她和伊菲吉妮娅因为开销问题发生了争吵，伊菲吉妮娅一气之下便回自己家去了。一夜之间，以洛比托为起点的铁路线成为攻击目标，我们不知道她什么时候才能回来。或许因

1　我可舒适（Alka-Seltzers）：一种泡腾剂式的消食片药品，用于治疗消化不良。

为无处可去，妈妈只能回忆过去。她翻开老相册，拿出旧信件，开始追忆往事。她给我看果阿老房子的照片，还有教堂、稻田、流经村庄的宽阔河流以及环绕四周的山峦。她教我学了一个德克尼[1]歌舞，内容是关于那条河以及如何渡河的故事。其中一首副歌唱道：“我的这些脚链，一定要收好，一定要收好……”妈妈还告诉我她少女时期在加尔默罗会修道院上学的情景，以及那些教她们拉丁语、数学和缝纫的修女们的故事。她在空中比画着，试图给我解释葡萄牙人的针脚，但我根本捉摸不透。她笑着说，自己曾经想成为一名修女，但对于献身于上帝还是献身于丈夫，她也不知道哪个命运会更好些。那些修女们都很聪明，能够应对和处理各种实际和世俗的事情。然而，毫无疑问，她们也有各自的不如意，比如贫穷或可怕的家庭秘密……

1 德克尼（dekhni）：印度果阿邦的一种传统的歌舞形式。

妈妈的父亲来自一个著名的婆罗门家庭，像我爸爸一样也是一名律师，可惜在妈妈八岁时就因肺结核离开了人世。之后，妈妈与她父亲的弟弟们发生了地产纠纷。这些叔爷们虽然经常带着食物或劳工拜访妈妈和外婆，但真正目的是提醒她们，她们住的房子并不属于她们。有时，他们冷酷无情到让年幼的妈妈必须自己徒步走到她叔叔们的家里去拿稻谷的收成。为了反击这种羞辱，妈妈会穿上她最好的衣服。

青少年时期，她爱上了一个名叫桑杰的印度教男孩，他是妈妈最要好的朋友米塔的哥哥。他们约定，无论发生什么都要在一起，但外婆很快就发现了这段恋情，决心要拆散他们。尽管如此，他们依然抱有希望。然而，情况发生了急剧变化，有传言说葡萄牙人即将离开果阿等地。妈妈和桑杰计划一起逃往孟买，可就在他们准备离开前夕，桑杰加入了印度解放军，妈妈最终只收到他从西部的马哈拉施特拉邦边境寄来的信件……

就在那时，外婆与邻村的一个富裕的婆罗门家族——我父亲的家族——进行了联系。爸爸承诺要带妈妈去安哥拉，并在那里赚大钱。他说，葡萄牙人反正要离开果阿……尼赫鲁政府会掠夺葡萄牙人所有的外汇储备。他的这番话让妈妈远离了她自己的母亲，远离了她真正喜欢的男人，也远离了所有她已知和熟悉的事物。然而，她怎么会知道，比起任何未知的国度或大陆，最让她捉摸不透的将是她的丈夫。当那一刻到来时，她别无选择，只能许下那个将她从一个家庭交付给另一个家庭的誓言……她一边翻看自己的结婚相册，一边说自己也许从未离开过果阿，相册中的她美丽动人，却略显悲伤。在他们到达本格拉并安家后的一连好几个月里，妈妈一直在努力忘记一切。她说自己非常欣慰，因为在她的现在和过去之间横亘着重重海洋。它们如此浩瀚，且深不可测，没有什么东西能被冲到岸上。然而就在那时，她得到桑杰在克什米尔的战争中牺牲的消息……

现在，妈妈提醒我千万不要虚荣，她说美丽的容貌终将逝去。看着她，我能理解她说的可能是真的。在痛苦的折磨下，她那张曾经美丽的脸庞，如今却成为痛苦的真实写照。“无论你走多远，”她说，“你永远是我的女儿……”她的意思是，母女亲情是一颗播种在母亲田园里的种子，无论什么都无法让我们之间产生隔阂。然而，私下里，我却觉得自己的身体已经发育到了极致：双腿修长而匀称，乳房丰满而坚挺，臀部已经悄悄隆起。阳光下的我已经取代了她的位置。

尽管我宁愿忘记，但经血每个月总是如期从我身体流出，提醒我有一天要做出选择：生或者不生孩子。当我出汗时，腋下便会有一种清新的酸味儿；当我躺下时，身体就会被一种最亲密的渴望和联想所触动。我曾在子爵大街的夜市上买了一副小鸟形状的木制彩绘耳环，尽管戴上有所不适，但还是舍不得摘下它们。此刻，在我抓挠自己的耳垂时，妈妈说我应该换成她给我的那副金耳环。

当我用口红和眼线膏涂抹眼部时，妈妈会说我涂花了，然后就会教我如何重新涂抹。当我用安德莉亚送给我的一件露脐上装搭配一条牛仔裤穿着时，妈妈会说我会招来不必要的注目。我想说，这样的注目正是我想要的；我还想说，如果我也有一个肥沃的子宫，如果有一天一个小女孩在那里成长，她的乳房如花蕾般小巧精致，她的性器官像百合般柔软湿润，我会用生命树给她带来充足的食物，因为它看上去同善恶树[1]一样诱人可口。所以，我并未理会她，而是与她擦肩而过，径直走向门口。我在院子里听到她喊我回来时带些尖椒和酸橙，她想做咖啡喝。我穿过花园，碰到了卡埃塔

1　生命树（the Tree of Life）和分辨善恶树（the Knowledge of Good and Evil）：据《圣经》记载，耶和华上帝将亚当和夏娃安置在伊甸园中，伊甸园的中央有两棵树，一棵是生命树，另一棵是分辨善恶树（又译善恶树或智慧树），亚当和夏娃偷吃的禁果是分辨善恶树上的果实。

诺，他正在听安哥拉人民解放运动从刚果首都布拉柴维尔发布的新闻广播。

我沿着熟悉的社区街道往前走，一直来到市区。我在佩德罗·亚历山大广场的瓦斯科·达·伽马[1]的雕像前停下了脚步。一位来自普林西比岛[2]的艺人正在用一台旧手风琴演奏一首名为《船》的老法多[3]，那是他所有曲目中最受欢迎的一首。

在驻防费尔南多步兵广场的士兵们当中，有些是从里斯本直接派来补充当地兵力的。这些葡萄牙士兵不适应安哥拉的高温天气，所以

1　瓦斯科·达·伽马（Vasco da Gama，约 1469—1524）：葡萄牙航海家、探险家，曾两次到达印度，后一次被任命为印度总督。

2　普林西比岛（Principe）：位于非洲西海岸几内亚湾，是圣多美和普林西比共和国的两座主岛之一。该国另一个主岛为圣多美岛（Sao Tomé Island）。

3　法多（fado）：又称悲歌，被誉为葡萄牙国宝，是葡萄牙传统歌舞，由歌曲和器乐两部分组成，歌声充满悲切、哀怨之情。

米拉马尔电影院里总是挤满了广场上换岗下班的士兵。我仔细打量着出入电影院的人们，大多都是情侣，他们有说有笑，还购买甜筒和冰淇淋。在我排队买冰淇淋时，一个梅斯蒂索旗手主动提出给我买电影票。我跟着他走进电影院，坐在他旁边。他试图吻我，并拉着我的手放在他的裆部。我感到无比震惊，不知所措。电影名叫《中国姑娘》，在影片播放的整个过程中，我几乎无法集中注意力。我无法决定是要将手移开，还是继续留在那里。正在犹豫不决的时候，我感觉到他的性器官变大了。我还是不知道该怎么办，是继续将手放在那里，还是把手挪开。我的表现让他有些发狂，几乎失去理智。他的贝雷帽就放在腿上，似乎遮掩了一切，又好像什么也没有发生。从电影院出来后，我们几乎立刻就分开了。我有一种羞耻感，这种感觉既陌生又新奇，但并不完全反感……我伸长脖子看着他，他点燃一支雪茄，便轻快地穿过电影院的拱门离开了。他一脸麻子，留着葡萄牙军团的发型，肩上的徽章闪闪发光。阳光下的他表现的如此冷漠和傲慢，但在黑暗中接近我的他似乎又那么脆弱。我四处搜寻他的身影，但他很快就消失在人群中。

我来到一个小型黑白照相亭，给自己拍了几张照片。几分钟后，照片就处理好了。看着那些照片，我几乎认不出自己，弄花了的眼线和小木鸟耳环看上去实在是太俗气了。我正要穿过广场时，突然听到一声枪响。人们尖叫着四处逃散，但几分钟后又小心翼翼地围拢过来。地上躺着一名士兵，有两名士兵试图帮他止血，另一名大声叫喊救护车……躺着的士兵并不是请我看电影的那个家伙，但也是一名旗手。有人说他疯了，这是他开枪自杀的原因。我凝视着他黑发周围的血浆，无法将目光移开……一段时间过去了，我依然站在那里，看着尸体被抬上军用担架带走。

突然，我感到有人在拍我肩膀，是安德莉亚，还有她的哥哥保罗和神秘的米格尔。我们从人群退出，默默地沿着边际街散步。大海像黑色的深渊，天空被云层笼罩。港口里的船只寥寥无几，我们可以听到有人演奏鲁伊·明加斯[1]的禁歌《莫纳甘贝》：“是谁清早起床？又是谁去驾驭马车？……是我洒下的汗水，滋养着殖民者的种植园。”我们来到一家社区咖啡店，他们几个开始谈论刚才看到的情景，而我则紧张得浑身颤抖，几乎无法正常说话。安德莉亚搂着我，点了一杯咖啡。她说要教我如何冥想。她盘腿坐下，对我说：“苦行僧就是这样做的，我妈妈曾经给我示范过。他们有时还能悬浮在空中。”她哥哥冲她翻了个白眼。酒吧后面的墙上挂满了深褐色的照片：佩佩特拉、安东尼奥·雅辛托、马里奥·平托·安德拉德、维里亚托·达·克鲁斯等，他们都是安

1　鲁伊·明加斯（Ruy Mingas，1939—2024）：安哥拉最著名的音乐家和表演者之一，安哥拉国歌的作曲者之一，被誉为非洲音乐的先驱，曾任安哥拉文化部长。

哥拉伟大的诗人和作家。我想，尽管他们口才出众，善于雄辩，但他们能将日益扩大的理想与现实之间的距离缩小吗？此时，安德莉亚开始与保罗争论，米格尔开始和我说话，咖啡馆里人声嘈杂，所有的声音都提高了很多。

我听到他问我："你对佩索阿[1]怎么看？"我说我读过他的一些诗歌，很喜欢其中几首，但读得不是很多……他说，有时他觉得自己就是本地化的佩索阿。我说，佩索阿有很多个"自我"，所以我们几乎很难真正了解他本人，只知道他是一个不负责任的梦想家，因为他不想成为任何人。随后，米格尔开始朗诵其中一首："我再次见到了你，曾经承载着我失落童年的城市……充满欢乐与悲伤的城市，我再次在这里入梦……是我吗？那个曾在这里生活，又回来，一次又一次，一次又一次地回来

1　费尔南多·佩索阿（Fernando Pessoa，1888—1935）：葡萄牙诗人、作家，葡萄牙后期象征主义文学的代表人物。

的人，还是同一个我吗？”我之前听过这首诗歌，但吸引我的与其说是歌词，不如说是他的声音……

我摘下耳环，放在旁边的桌子上。米格尔把它们捡起来，仔细研究了一番，然后朝我会心地笑了笑。店外的光线渐渐暗了下来，对面的商店橱窗亮起了灯光，我说我得回家了，米格尔提议骑摩托车送我。我看向安德莉亚，她表现出一副漫不经心的样子，仿佛并不在意似的。她还假笑了一下，这让我联想到她的妈妈。

当我们离开旧城区时，我可以近距离地观察一切，但似乎从远处可以更清楚地看到景物的大小顺序。回到家时，妈妈已经准备好了咖啡。我想要告诉她那个士兵自杀的事，但她已经去卧室躺下了。我走进浴室，用温水洗了脸，并将眼线冲洗掉。卡埃塔诺进来时，收音机里正在播放南非联邦军队在莫希科省被打败的消息。我们听完了整个报道后，我拿出盘子为我俩弄了点吃的。加了酸橙和尖椒的咖啡又酸又辣，难以接受；而鸡肉煮得太烂，直接从骨头上脱落下来。

吃饭的过程中，我不禁想到，隔着一张桌子的我俩，其实都是葡萄牙帝国的弃儿……实际上，卡埃塔诺是双重弃儿，因为他的家在大陆另一边的莫桑比克，而那里已经独立了。记得在本格拉，当他用细布包裹双手，用烟熏的方式将蜜蜂赶出以便制作次级蜂箱时，他变得忧心忡忡。一闻到烟味，蜜蜂就会失去方向感，并且变得非常温顺。在习惯性地观察他的过程中，我意识到，虽然可以说他还是个孩子，但他很会保护自己，从不允许我靠他太近。那似乎已经过去很久了，仿佛是属于另一个世界的事了……

现在，当我们谈论未来时，他说等安哥拉独立后，他会回马普托[1]找他的母亲。他突然显得非常自信，坦率而平静地向我吐露了他的

1　马普托（Maputo）：莫桑比克首都。

心愿。在一天结束的时候，太阳给人一种已经落山的错觉，一切似乎得到了公正的解决。然而，现实却并非如此，永远不会，就连卡埃塔诺也会以一种我那时无法预见的方式从我们的生活中消失。

10

我想说的是，上一秒我还在安德莉亚家里学习，下一秒就在巴西街买了巧克力，向着米格尔工作的造船厂奔去。这家工厂位于卡米洛·佩萨哈广场的一个角落。虽然广场周边现在很不安全，但我还是看到了一些在大街上兜售黑市煤油的老妇人，她们也是我放学后唯一看到的人群。米格尔的办公室在一个狭窄的混凝土楼梯上面。尽管没有完成学业，但他很喜欢阅读，狭小的办公室里散落着很多书籍，还有几张世界地图和一些关于亚速尔群岛的深褐色照片。那些照片是他利用业余时间在杜阿尔特·洛佩斯大街的老旧书店里淘来的……

他的父母是来自亚速尔群岛的农民，他

们一直梦想过上更好的生活。现在，他们的儿子在这个工厂里做领班，可以养活全家。这让他们感到非常骄傲。然而，这种自豪感也是米格尔产生怨恨的根源，因为他更喜欢农学，渴望在这方面有所成就。他崇拜的英雄是阿米尔卡·卡布拉尔[1]。他自豪地表示，他想通过向非洲和印度的穷人传授新的农业实践模式来改变他们的生活。在我看来，他提到的这些地方似乎非常遥远，并非简单地沿着我们脚下的这片土地就能到达。然而，我并没有这么说，害怕这样会击伤他的梦想。每次去工厂见他，我发现他有时非常开心，有时又沉默不语。每当工厂出了问题，老板就会严厉地跟他说那些工人的不是，而米格尔把工人们视为自己的伙伴。当然，他的沉默也可能是因为当天早上与父亲

1 阿米尔卡·卡布拉尔（Amílcar Cabral，1924—1973）：几内亚比绍革命家、政治家、思想家、军事家、农学家、作家，非洲最重要的反殖民运动领导人之一，几内亚和佛得角非洲独立党的创始人和第一任总书记。

发生了争执。虽然父子俩都是共产主义和无神论者，信仰的内容也大致相同，但他们总是争吵不休。当然，心情好转时，他也会跟我说一些对父亲充满爱意的话，比如他父亲也会关注《安哥拉日报》，了解萨拉查的病情进展；他俩都喜欢吃某种贝类食物，尽管那味道让他母亲有些抓狂，但出于对他们父子的爱，她还是会心甘情愿地将这种食物端上餐桌。

有时，他会超负荷工作。我到那里时经常发现他蜷缩在沙发上睡着了，我犹豫着要不要叫醒他……起初，我没怎么在意他的脸，但看得越多，越觉得英俊帅气。每次看到那张脸的感觉，就像大自然中那些我们平时没有注意到的景象，有时突然会为我们揭示出各种不言而喻的真理，让我们有种顿悟的感觉……醒来时，这张脸又充满了悲伤和怀旧的色调。那是一种失落感，一种在这个世界上找不到归宿的感觉。在他年幼时，他的父母满怀希望和期待从葡萄牙来到安哥拉，但现在却不知道如何才能回到那个他们已经遗忘了的生活中，回到那些被遗弃或早已荒芜的农场……我会逼他告诉我那个群岛的样子，他只记得四月里红色的罂粟花，还有远处火山喷发的景象。至于别的，他几乎不记得了……

我喜欢亲吻他身体的每一部位。一番亲吻之后，我总是迫不及待地期待他能够展开更为重大的攻势。但每到这时，他就会主动停下来，说我们最好再等等。到底在等什么？我想不通。弹吉他时，他就像科英布拉的游唱歌手。他还会唱英文流行歌曲，最喜欢的歌手是英国的保罗·麦卡特尼；但我坚信，同样来自英国的列侬才是真正的音乐天才。他总是会打开窗户，让大西洋的海风直吹进来。这海风如同他的声音一样，都会让人有种慰藉的感觉。他的抚摩如此温柔，让我即便独自躺在家中自己的小床上，也总会在黑暗中不断地细细回味那种感觉。我禁不住想，是不是因为他用同样的方式抚摩过别的女孩，所以才知道如何如此恰到好处地抚摩我？我想知道他到底有过几个女朋友，但未敢问他。他十分清楚，我还是处女。然而，尽管他再三表明让我们再等等，但我们的第一次还是猝不及防地发生了，甚至没有做任何仪式上的准备。我不知道该说什么。我承认当时自己很痛，而且哭出了声。他抱了抱我，站起身抽了一支烟，接着弹了一小会儿吉他。然后，不知怎么，我们又一次品尝禁果。我想，这就是男女朋友本来的样子吧：时而亲近，时而分离，时而如胶似漆，时而若即若离；即便成为真正的男人和女人，双方的分歧也永远不会消除……

为了提高英语水平，米格尔在阅读《黑暗之心》。他尝试着用含有某些短语的句子同我交流："我匆忙做好准备，不到四十八个小时，就穿越英吉利海峡坐在雇主面前，顺利签下了合同……"他问我是否知道康拉德其实是用第二语言写作的，是否知道他的真名是约瑟夫·特奥多·康拉德·科尔泽尼奥夫斯基[1]。他还问我知不知道诗人阿瑟·兰波[2]曾经是个雇佣兵，他来到非洲曾参与过非法军火交易。我告诉他，这些我都不知道，因为我们在学校里只学习葡萄牙诗人路易·德·贾梅士[3]的作品……

他无奈地摇了摇头，说虽然我俩的年龄差距不算太大，但我还是太幼稚了。当然，他说这话只是为了看我生气的样子。一次，我打开贾梅士的作品大声朗读起来："爱情是一团看

---

1 约瑟夫·特奥多·康拉德·科尔泽尼奥夫斯基（Józef Teodor Konrad Korzeniowski，1857—1924）：英国作家，生于波兰，后在英国海船上工作并加入英国国籍，英语是他的第二语言。他擅长写海洋冒险小说，有"海洋小说大师"之称。

2 阿瑟·兰波（Arthur Rimbaud，1854—1891）：又译亚瑟·兰波，19 世纪法国诗人，早期象征主义诗歌的代表人物，超现实主义诗歌鼻祖。

3 路易·德·贾梅士（Luís de Camões，1524/1525—1580）：又译"路易·德·卡蒙斯"，葡萄牙著名诗人，因其文学成就被尊称为葡萄牙国父。

不见的火焰，一道尚未感受到疼痛的伤口……爱情是一种只想长长久久的渴望，一种虽有人群陪伴却依然能够感受到的孤独，一种愉悦时不觉得愉悦的感觉，一种沉浸在思考中的激情。”突然，他猛地把我手里的书合上，将之扔在地上。我热烈地亲吻着他。本来只能做到这一步，但很快就鼓起勇气引导着他的嘴从我的嘴滑到我的乳房，然后又来到我的双腿之间。有时，他在我身上耗尽所有力气后，我俩会静静地躺在那里。尽管我提醒自己不要睡着，但这种情况时有发生。醒来后，他会用摩托车送我回家。胳膊裹在他的皮夹克温暖的羊毛里，我能看到雾霾映衬下的点点星光……

回到家时，妈妈通常已经躺下，手里拿着一本《国家地理》杂志。她会起来问我是否吃过晚饭，然后习惯性地从我身边走过，伸手从食品柜里拿我可舒适泡腾水喝。

有时，安德莉亚会打电话过来。电话里，我从未敢跟她提米格尔，虽然他仿佛就站在那里。在我和她之间，有一种无形的隔阂，而我的沉默比任何语言都更像是最终的背叛。谈话不可避免地转向我们即将提交的历史论文上。我们的历史老师是一位来自莫桑比克的年轻人，他公开声称自己是一名共产主义者。他说历史是站在胜利者的立场上书写的；事实上，有很多东西被刻意隐瞒了，如果看得足够仔细，难道我们会看不到吗？

安德莉亚建议我去她家跟她一起学习。我去过一次，但无法把注意力集中在书本上。房间有扇窗户可以俯瞰修剪整齐的花园，院子里停着一台打理得闪闪发光的奔驰轿车，房间一角摆放着施坦威[1]钢琴……这样的富贵奢华让我深感不适。安德莉亚选的主题是里斯本大地震，她为此做了大量笔记。而我，满脑子都是米格尔的手触碰我身体时的心跳和浑身颤抖的

1　施坦威（Steinway）：钢琴界的顶级品牌，由施坦威父子公司于 1853 年分别在汉堡和纽约创建。

情景。

不管怎样，我选了瓦斯科·达·伽马的另类传记作为论文主题。我不知该从何处入手，只是先列举了达·伽马一生在航海方面的卓越成就，这些成就最终导致印度贸易路线的发现。然后，我又列出达·伽马在第一次和第二次航海中获得的所有战利品：肉桂、丁香、胡椒、黄金；当然，还有奴隶。最后，我细数了这位航海家在阿拉伯海和到达印度卡利卡特海岸时对遇到的穆斯林朝圣者和商人们实施的惨无人道的暴行：肆意杀戮之外，还将他们活活烧死，甚至割掉他们的嘴唇、耳朵、鼻子和手。我注意到，这个从小在葡萄牙锡尼什港口游荡的家伙，日后竟然成为印度总督，却又在另一个名为科钦的印度小渔村死于一只携带病毒的蚊子的叮咬。这是多么讽刺啊……

我正大声给安德莉亚朗读这一段时，她的哥哥保罗走到门口。我知道他和米格尔有过激烈的政治争论，米格尔称他是殖民支持者和被宠坏的小资产阶级。此刻，我突然有种无所适从的感觉，我无法说出自己应该遵从哪种意识形态，或者应该站在哪一方……

一天下午，我来到船厂，发现米格尔郁郁寡欢。他的英雄阿米尔卡·卡布拉尔被暗杀了。来自布拉柴维尔的安哥拉人民解放运动的广播称，暗杀系葡萄牙秘密情报组织“国际及卫国警察”所为。此外，这家造船厂也遇到了前所未有的问题。我问他具体情况，他不想多谈，只是说工厂就要关闭了，为了减少损失，老板决定迁往里斯本。接下来，米格尔该如何养活父母？去当兵吗？如果那样，他宁愿选择当雇佣兵。他们一家可能要移民巴西，因为亚速尔群岛现在已经没有供他们生存的农场了……然后，他谈到了因果报应和命运主宰，他说世界上可能真的存在这样的力量。他让我不要太依恋，任何事情都不可能永远持续下去……我本以为自己深爱着他，但突然意识到这种爱的感觉也包含一种失去的感觉，也许还会感到痛苦；在它之外，还有许多或大或小的世界，不是所有的事物之间都会相互吻合……我以为自己的幸福只取决于米格尔，但我突然间清楚地意识到，事实并非如此。

大街上响起嘈杂的声音。一个男子大声喊着“伊丽莎白”，然后便听到一辆摩托踏板车的引擎声。我透过敞开的窗户向外看，发现一对情侣的影子，他们正在跳圆圈桑巴舞，女孩摆动着臀部围着男孩转圈，男孩则拍手打着节拍。于是，我俩躺下来开始缠绵。我突然感到精疲力竭，很快就睡着了。我做了一个奇异的梦，梦到一支船队正在阿拉伯海上航行，装满偷盗和缴获而来的财宝的船只突然间倾覆了，他们储存的香料、丝绸和黄金随之撒入大海；我还梦到里斯本大地震，洪水冲破了塔霍河两岸，安德莉亚的施坦威钢琴从被冲垮的地板上滚落下来。醒来后，我把这些告诉了米格尔，他说我有着丰富的想象力，将来应该当一名作家。我说自己更喜欢生活在现实世界里，而不是书页的文字里。我更喜欢与事物亲密接触的感觉，而一个作家似乎总是要远离现实，甚至还要隐退或隐藏起来，这样才能密切地观察周围的世界。他似乎有些伤感。我意识到，与一个人亲近，却又感到与他和这个世界格格不入，是多么平常的事啊……从那以后，每次见到他，他都会更加不安。

他用一条较粗的钢链将船厂重要房间的钥匙都套在一起，每当从桌上或门后挂钩上拿钥匙时，都会叮当作响。一天，我来找他，他拿起钥匙把门关上，然后我们沿着博卡热诗人广场四周的街道散步：安特罗·德·肯塔尔大街、阿尔梅达·加勒特大街和费尔南多·佩索阿大街[1]。我们停下来在街头摊位上一起享用小吃。就在那时，他把自己想去里斯本的想法告

1　博卡热（Bocage）、安特罗·德·肯塔尔（Antero de Quental）、阿尔梅达·加勒特（Almeida Garret）和费尔南多·佩索阿（Fernando Pessoa）：均为葡萄牙18—20世纪有影响的诗人。

诉了我，但尚未告诉他的父母。他说萨拉查政府最终会垮台，他想亲眼见证这一时刻；此外，一有机会，他就会参加里斯本大学的入学考试……同时，他会在他姑妈位于葡萄牙南部阿连特茹省的农场找份工作。他说，或许我可以跟他一起去那里。我点了点头。但实际上，我无法想象自己身处里斯本或阿连特茹省的情景，甚至也无法想象自己身处薄雾笼罩的亚速尔群岛的情景。我无法想象自己离开后，会以一种怎样的伤感和沉重语调，用“我在非洲期间”作为回忆录的开头。

我想放声大哭，但更想表现得坚忍和冷漠一些。我们之间出现了一道鸿沟，鸿沟的一边是米格尔，另一边是我。它又深又宽，无法逾越。我们默默地往回走，走到工厂附近时，他问我第二天是否可以来。我不知道这句话是触动了他的软肋，还是触动了我的；然而，当看到他放下防御时，我却不知如何去安慰他，只是仓促地撤退了。来到外面，我快步从几个兜售煤油的老妇人身边走过。

一些工人在搬运装有水泥混合物的袋子，棚户区的孩子们在玩那些被遗弃在码头的已经撕裂的空袋子。我来到海滩。我喜欢看男孩子们在那里踢足球，但他们那天没有来，因为最近警方经常突袭这里。我只好坐在滨海大道旁边一块粗糙的石头上，一口接一口地吞咽着一根巧克力棒。我凝视着大海，潮水正在上涨。一艘驳船正吃力地前进着，它的雾号嗡嗡作响。

一个孩子牵着风筝在奔跑，风筝长长的影子在沙滩上闪动，但还没等它飞起来，线就断了，不得不重新绕线。飞虫成群结队地围绕着巨大的路灯飞来撞去。此时，滨海大道上有两个身影从我身边经过，一个穿着白色西装，打着领结，另一个穿着高跟皮鞋。女人每走一步都摇摇晃晃，仿佛要摔倒似的。此时，我还穿着米格尔前几周给我的夹克。我把它脱下来，折叠好，放在破旧的石头矮墙上。

回到家时，安德莉亚正好打来电话。她已经完成了历史作业，并提到了她新的迷恋对象——我们的历史老师……我厌倦了这个世界，对爱情的看法有了偏见，但我依然保持了一份谨慎，保守着自己那受伤的自尊心。我听她诉说着，眼泪顺着脸颊滑落，喃喃地说着一些我听过但并不太相信的话：不要太依恋，任何事情都不可能永远持续下去……

11

我一直不太相信妈妈关于死尸的话，直到在梦中见到爸爸也是这样才改变了想法。他脸对着我，双脚却朝着被遗忘的方向；额头上有一个巨大而鲜红的伤口，像一朵盛开的康乃馨。梦中，我想抚摩那朵康乃馨，想把它挪走，但无论怎么伸胳膊，就是够不着，于是便大声哭喊起来。醒来时，发现我并不在自己的房间，而是在一个配有多张床位的类似宿舍的房间里。房间拥挤不堪，人声嘈杂。我不知道这是什么地方，但应该不是监狱，尽管窗户上的铁栅栏让它看上去很像一间牢房……

夜晚，蝙蝠飞进房间，留下一团恶臭。蚊子太多，嗡嗡作响，不绝于耳，让人无法入睡。我做了很多梦，但都是噩梦。我梦见妈妈在圣多美大街的高地上给爸爸的坟墓除草。还梦见她隔着停机坪向我挥手，而我却违心地登上了葡萄牙航空的航班。机舱里，一个穿着考究、拿着行李箱的男人坐在我对面的窗户边，尽管他没有认出我，但我一眼就看出他是马什卡雷尼亚什先生……

清晨，我费力地睁开眼睛。就在眼睛闭上又睁开的这段时间里，世界发生了翻天覆地的变化。我的睡衣被汗水浸透了。每天都会有裹着白衣的女子用消毒水擦洗地板。但几个小时后，房间里就又恢复了原本的汗臭味儿。同其他人一样，我身上也有这种味儿。显然，我被隔离是因为担心来自非洲的我可能会感染热带疾病。我是怎么知道这点的？在这个我尚不了解且仍在犹豫是否要称之为新家的国度里，就像它的大多数事情一样，在经历了许多困惑和焦虑之后，我才弄明白这是怎么回事。

房间里其他几个女人在我身边走来走去，

她们的莎丽和沙尔瓦和卡米兹[1]沙沙作响，她们的脚镯和手镯丁零当啷。对于我，她们显得又惊讶又友好。大家飞快地用印地语或马拉地语跟我交谈，以为我能听懂，让我感到既害怕又安慰。或许是出于对我的某种同情——听不懂她们说话、胃口不好或者孤身一人——她们从自己的托盘里拿甜食让我吃。我接过来，但味道有些反胃，而且浸满了酥油。最终，我学会了一些简单的词汇，能够要清水和水果，还能询问当天是星期几……

时间似乎变慢或者停滞了。他们问我的名字，我撒谎了，装模作样地告诉他们我叫萨乌达德[2]。令人惊讶的是，竟然没有人揭穿我。

1　沙尔瓦和卡米兹（Shalwar kameez）：巴基斯坦传统服装风格，类似平直的长裙，在印度和阿富汗也比较流行。

2　萨乌达德（Saudade）：Saudade 是一种深度情感状态，同时有着“怀念与渴望”之意，即一种因关心或喜爱的事物的失去而产生的怀旧或极度忧郁的渴望。*Saudade* 也是本小说的英文名称，表达了主人公对故乡的一种眷恋和忧郁的渴望之情。

“我不是一个人，却很孤独。”在阳台喂鸟时，我想到了这句看似矛盾的话。在这里，我能看到那些体型硕大的灰乌鸦和无所畏惧的小麻雀争抢面包屑的场面。隔离点也有几个皮肤白皙的女子，从长长的发辫上我能看出她们是嬉皮士。她们沉默寡言，经常在破旧的藤椅上打盹儿，或者赤脚向工作人员讨要比迪烟[1]。刺鼻的烟味儿混合着油炸食物、熏香和工厂排放物的味道飘进房间，还有祈祷声、板球拍的击打声和孩子们奔跑的欢笑声……

后来，获得自由后，我还同几个孩子玩过拉米纸牌和跳棋游戏。他们向我展示着游戏规则，而我像间谍破译密码一样，仔细地观察着他们。我与一个年龄相仿的女孩成了朋友。这个叫米拉的女孩告诉我，她刚从波斯湾回来，去那里是为了看望丈夫。我根本不信，她这么年轻，怎么可能已经结婚呢？直到她给我展示

1　比迪烟（beedis）：印度的传统烟草产品。

了她的吉祥项链[1]和手上错综复杂但已经褪色的曼海蒂[2]彩绘，我才不再怀疑。虽然在隔离房只待了几天，但一切都已变得习以为常。

一天早上，正当与周围的人们开始熟络起来时，我被叫到了一座行政大楼里。很快，我就拿到了自己的护照、文件和行李箱等物品。他们说已经帮我订好船票，中午之前有人会送我去码头，让我提前做好准备……

我穿好牛仔裤和衬衫——差点儿就忘记这些衣服了。透过出租车窗户，我看到街上挤满了人，每个转弯处都会有贫民窟映入眼帘。我来到一个叫马扎贡的海港。这里曾经是个渔村，面向大海。啊，大海！就像以前一样，大海向我揭示了许多奥秘，让我对未来充满期

1　吉祥项链（mangalsutra）：印度传统婚礼中新娘佩戴的一种由黑色和金色珠子制成的项链，寓意婚姻美满持久。

2　曼海蒂（mehndi）：印度特有的传统手绘艺术，在女子手足暴露部分画的类似文身的图案，是传统婚礼中必不可少的内容。

待。几乎出于本能，我知道这就是阿拉伯海，而我所在的地方就是孟买……码头附近有个女孩，年龄或许只有我的一半，画着粗糙的眼线。她轻拍着我的手，乞求给她一点小钱。我在口袋里翻找时，她让我低下头，把一束万寿菊挂在我的脖子上……

渡船上，每个人都跟我说，那只是一段短暂的旅程，我很快就会到家。我又一次有机会思考“家乡”这个词的含义。它是如何被人类众多的纷争摧毁，又是如何被人们用那么多临时的、别无选择的，甚至是完全不合适的材料重建起来的。我一直待在甲板上，直到太阳落山，南边的灯光熄灭，才像其他人一样回到船舱。我睡得很轻，时不时醒来。虽然我的梦不断被打断，但依然执着地继续着。各种稀奇古怪的梦依次上演：安德莉亚的祖母的公寓位于里斯本阿尔法玛老城区，而她的钢琴是否能够通过那所公寓里摇摇欲坠的楼梯搬到楼上；米格尔写给我的信是否会在我不在的时候送来；

卡埃塔诺是否已经回家——过了好几个月，我才知道他没有回到莫桑比克，而是在内战中牺牲了。某些画面和文字像小说般清晰地重现在我的脑海中，但似乎也表明，这一切都发生在几年前或者别人身上。

放学回家后，我发现妈妈坐在沙发边上，身上穿着一件带有蜡染天堂鸟图案的长袍。她低声诉说着卡埃塔诺失踪的事，还有他被捕的谣言……爸爸也早早回家了，妈妈不安地搓绞着双手。一连好几天，他都待在家里，脸色阴沉，让人有种恐惧的感觉。宵禁、停电、士兵们从城郊营地撤离并返回的谣言，各种信息蜂拥而至……

空气中弥漫着雾霾和远处剑麻田燃烧的味道。透过窗户，看到街道空空荡荡，对面邻居家的窗帘一直拉着。一夜之间，电视屏幕里显示，共和国广场上的葡萄牙国旗被总督降下，一面崭新的安哥拉国旗被内图升起……爸爸在走廊里走来走去，不让我们打扰他。妈妈和我都上床睡觉后，他回到了书房。随后，枪声响起，一朵康乃馨就出现在他的额头上。

妈妈的额头满是汗珠，她急忙让我跑去找邻居帮忙。救护车来得太晚了。接下来的几天里，她让我带着定金去新独立的街道处订购墓碑，然后又安排葬礼。接着，她不停地给果阿的卡梅莱特修道院发电报，紧急拜访旅游局，最后开始订机票，准备护照等。

我凝视着棺椁中爸爸的脸，意识到这是那张很长时间以来我一直都很害怕的脸。但现在，除了怜悯，什么也感受不到了。妈妈不能看爸爸的脸，在他下葬后的几天里，她一直凝视着花园，悲叹着自己的命运……

离开安哥拉前夕，我最后一次坐在床边。我打开护照，里面的照片是我刚剪完短发时照的；我的出生日期是 1958 年 8 月 15 日，出生地为本格拉；里面还记录着爸爸的姓名和妈妈婚前的姓名。就是这本护照，让我获得了许可证，我就要离开安哥拉，离开非洲大陆了。

这一去，也许就是永别。那本护照记录了我来自哪里，却并未告知我要去往何方。前方的命运尚待书写，一切都会重新开始。我想，开始总是美好的，时代变迁从来不会给我们留下伤疤……妈妈来到门口。我对她说，自己很快就会像卡埃塔诺一样成为一个孤儿。她说不会的，这只是短暂的分离，我们会再次团聚的。她还告诉我，我将和祖母在靠近大海的一个村庄一起生活。

显然，妈妈已经安排好了一切。村里有人正在纳维加高码头等着接我，他把我的行李放在大使牌汽车的后座上。我们上车后，他先对镜子上挂着的圣塞巴斯蒂安[1]的画像行了指吻礼。一路上，我们经过了阿迪勒·沙阿王朝[2]

1　圣塞巴斯蒂安（São Sebastian，256—288）：天主教的圣徒，被尊为圣人和瘟疫者的主保。

2　阿迪勒·沙阿王朝（São Sebāstian Dynasty）：南印度一个穆斯林政教合一的王朝，从 1490 年至 1686 年统治印度部分地区，后被莫卧儿帝国吞并。

的夏宫、巴洛克风格的白色圣母无玷始胎教堂[1]和加西亚·德·奥尔塔公园。

印度国旗在风中飘扬，孩子们在操场上打板球，完全没有受到周围考古工地的影响。我们沿着圣雄甘地路走了一段，然后拐上一条通往乡村的长而弯曲的公路。各种风格的寺庙依次映入眼帘，有湿婆庙、梵天庙和尚塔杜尔迦庙等。这里的土地是红色的，那些古雅的殖民地建筑，包括它们的屋顶，也都是用这种红色的泥土建造的。这里有很多漂亮的陌生植物：一排排高大的椰子树和槟榔树，一片片绵延起伏的稻田。我从未见过如此郁郁葱葱的景象。时不时地，我会看到叶子花和辣木花。妈妈最喜欢的花就是辣木花……

我要去的地方不是妈妈家，她家在另一个

1 圣母无玷始胎教堂（Church of Our Lady of the Immaculate Conception）：印度果阿邦一大标志性建筑。教堂建于 1514 年，通体洁白如玉，宏伟壮丽。

村庄。那个院子一度是她叔叔们争夺的对象，但现在据说已经无人居住了。我也不去爸爸个人的那个院子，那里同样也空无一人。他去世后，那处房产注定属于妈妈的了。这或许也算是喜乐参半的事吧。很快，汽车驶离沿海公路，进入一片椰林。随着一阵狗儿的狂吠，汽车停了下来。下车后，我发现自己身处一个美丽的大花园之中，红色的木槿花上落满了体型巨大的黑白蝴蝶。

这里紧邻阿拉伯海，空气温润潮湿，远处是澎湃的海浪。这或许就是传说中持斧罗摩[1]创造的那片土地吧。然而，当我往前走时，双脚陷进沙子里了。我发现地面本身就像流沙一样。一个女子从阳台下来，重新整理了发髻上的发夹。她拥抱了我，然后领我进屋。她让我

1　持斧罗摩（Parashurama）：音译为“婆罗娑罗摩”，印度神明毗湿奴的第六个化身。“婆罗娑”的意思是斧头，因此称为“持斧罗摩”。另一说是罗摩向湿婆献上了一场苦行，随后得到一柄斧子和争战技能，故得此称。

先去洗个澡，之后又把我带到餐厅。老用人桑塔纳正在摆放午餐。

餐桌旁有位陌生老人，正坐在轮椅上，嘴里像婴儿一样弄出咯咯的响声。有人告诉我他就是我的祖父。此时，我突然想起来，在我和爸爸少有的一段温馨日子里，他曾告诉我，他小时候会像桑塔纳一样用手吃东西，这给他带来不少麻烦。爸爸说，那时他最喜欢的事，就是早早起床，在厨房里等着桑塔纳把前一天剩下的咖喱酱加热，然后和刚烤好的面包一起吞进肚子里。

然后，大家开始吃饭。那天，我从未有过那种饥饿的感觉。而且，我吃饭的样子跟爸爸一模一样。

译后记

苏尼塔·佩雷斯·达·科斯塔出生于澳大利亚悉尼的一个原住民聚居地，父母均为来自印度果阿的移民。达·科斯塔创作的文学作品形式多样，包括小说、剧本、诗歌及非小说类作品等。她的第一部小说《家庭作业》（*Homework*）于1999年出版，曾入围澳大利亚女性小说奖，并被译成德文出版。在此之前，达·科斯塔已有多部舞台剧和广播剧出版。她出版的剧本主要有《流浪的艺术》（*The Art of Straying*）、《陌生的灵感》（*Estranged Muse*）、《水》（*Water*）、《火》（Fire）、《水印》（*Watermark*）、《我是一座岛》（*I Am an Island*）、《安吉丽娜之歌》（*Angelina's Song*）和《无所不知的孩子们》（*Children See Everything*）等，并先后获得了新南威尔士州菲利普·帕森斯青年剧作家奖、伊恩·里德基金会广播剧奖和悉尼戏剧公司青年剧作家奖等。达·科斯塔的新作《浪子》（*The Prodigal*）是她的第一部诗集，由澳大利亚吉拉蒙多出版公司于2024年出版。

《萨乌达德》（*Saudade*）是达·科斯塔创作的一部优秀的中篇小说，由吉拉蒙多出版公司于2018年出版，先后入围2019年澳大利亚总理文学奖、2020年阿德莱德艺术节文学奖，并进入美国2020年图书锦标赛决赛名单。它是一个关于成长的故事，以安哥拉独立战争前夕的殖民时代为背景，聚焦一个来自印度果阿邦的移民家庭。该家庭陷入了既与葡萄牙统治者同谋，又依赖安哥拉人民的矛盾之中。主人公玛丽亚·克里斯蒂娜以叙述者的口吻讲述了在安哥拉葡萄牙帝国殖民统治瓦解的过程中她们一家由盛而衰的过程，在揭露殖民主义的谎言和暴政的丑陋以及殖民精英的困境和虚伪的同时，也表达了主人公对“家”的怀念和渴望之情。小说由十一章组成，每一章都将场景、对话和叙事融入其中，情节跌宕，扣人心弦，还有一定的意识流风格。

葡萄牙的殖民统治曾覆盖非洲沿海以及部分南美、亚洲和太平洋等众多分散区域。统治者通过葡萄牙语、宗教、奴隶制度、葡萄牙法律和社会法典等方式将葡萄牙和各殖民地联系在一起，从而巩固其统治地位。这些在小说中都或多或少有所体现。印度的果阿地区在 1510 年被葡萄牙占领后，逐步成为葡萄牙帝国在东方的大本营。十六世纪开始，葡萄牙统治者在果阿进行了大规模的宗教皈依等殖民活动，迫使大量贫困的果阿人向南逃离了自己的家乡。这一点在小说中也有所暗示：“如果当年我的先祖带着他们的神逃到山里，我的命运或许会有很大的不同。”另外，由于果阿在殖民统治初期扮演着葡萄牙帝国东方行政中心的角色，一部分果阿天主教婆罗门精英们与葡萄牙统治者勾结，参与到非洲殖民统治中来，甚至控制着一些地方官僚机构。小说中玛丽亚·克里斯蒂娜的父亲就是这一阶层的代表。1961 年，印度通过军事手段从葡萄牙手中夺回果阿，将其纳入印度领土。在葡萄牙殖民者被迫离开之际，玛丽亚的父亲以劳务律师的身份来到了葡萄牙帝国殖民下的安哥拉。他为内政部工作，在当地劳工患病和发生事故时保护葡萄牙和欧洲雇主的利益。

安哥拉位于非洲南部西海岸，面积 124 万平方公里。1482 年，葡萄牙殖民者侵入安哥拉沿海地区，随后逐渐向内地扩张，最终于 1885 年将安哥拉划为葡萄牙的殖民地。"二战"后，非洲民族独立运动高涨，一些受到鼓舞的安哥拉民族主义者先后成立了三个民族解放组织：安哥拉人民解放运动、安哥拉民族解放阵线和争取安哥拉彻底独立全国联盟。从 1961 年开始，为了争取民族独立，这些组织进行了长达十余年的武装斗争。1975 年 1 月，葡萄牙政府被迫宣布实行非殖民地化，同上述三个民族解放组织达成了关于安哥拉独立的阿沃尔协议。三个组织随即联合组成了安哥拉过渡政府，但由于国际势力的干涉，导致三方分裂，并引发了持久的内战，直到2002年才通过和平协议结束。内战对安哥拉的经济和社会造成了深远影响。

这部小说以儿童视角呈现了诸多暴力事件，既有统治者贩运黑奴、对穆斯林肆意杀戮、对女佣性侵犯等残暴行径，也有武装叛乱、囚犯出逃、农场起义等暴力反抗事件，其中有农场主胸口插着镰刀、主人公父亲举枪自尽、广场士兵开枪自杀以及“穆斯林朝圣者和商人被活活烧死，甚至被割掉嘴唇、耳朵、鼻子和手”等血腥场面。这些事件和场景反映了充满尖锐矛盾的时代和历史背景，暗示着反殖民主义汹涌浪潮的到来。在这样的背景下，主人公玛丽亚经历了从懵懂无知到智力觉醒的成长历程。这种觉醒在她在课堂上大声宣称迪亚士是入侵者、撰写葡萄牙探险家瓦斯科·达·伽马的另类传记以及将反殖民主义的共产主义者米格尔作为男友等事件中得以体现。

玛丽亚的觉醒，还体现在她同父母——尤其同母亲——的关系上。在小女孩眼里，父亲是一个性格怪异、脾气暴躁的陌生人，他总是背着身子长时间地待在书房，“那书房如同一块巨大的石头……我多么希望能把那块巨石挪走啊！”她与母亲的关系也并不和谐。虽然我们在小说开头看到她对母亲崇拜有加，凝望她的脸“是我当时最喜欢做的事，”但随着年龄的增长，她开始更多地了解到周围发生的事情，对母亲也采取了更为批判的态度：“多年来，我就像一只小鸟，大口吞咽着她径直放进我嘴里的所有食物、话语和想法，但只有一部分被我咀嚼消化了。”同母亲一起行走时，玛丽亚也甚至故意拉开距离。

此外，小说中提及的各种语言、美食、音

乐、舞蹈、街道名称，甚至是主人公自己的名字，都充满了殖民统治的象征意义，体现了多元文化的碰撞与融合特征，尽管这种碰撞与融合可能是被动的。在品读这部小说的过程中，我们能够体会到这一点。

作为印度果阿移民的女儿，达·科斯塔的作品夹杂着对移民、家庭和归属感的忧虑。小说《萨乌达德》也不例外，并直接体现在小说名称中。“Saudade”是一个葡萄牙语词汇，音译为“萨乌达德”，描述的是一个人的怀旧、压抑和乡愁情绪以及对已经失去的喜爱的人或事的渴望之情，还表示一种迷失且没有归宿感的心境。玛丽亚·克里斯蒂娜在谈到她的男友米格尔时就用了这个词，说他的脸“充满了悲伤和怀旧的色调。那是一种失落感，一种在这个世界上找不到归宿的感觉。”其实，这种感觉渗透到小说中诸多人物的生活中，尤其是女主人公的母亲：她只能通过旧照片和信件回到过去，回到那个被河流、稻田、教堂和山峦环绕的故乡。

“故乡”和“家”的概念在小说中被多次提到，可以说它们是贯穿整部小说的一条线索。小说开头便提到玛丽亚出生在位于本格拉的家，那是一个充满回忆和温馨的地方，“它依然驻留在我的脑海里，一直静静地待在那里，如此真切，又略显暗淡……”接着，玛丽亚一家在首都罗安达有了更为豪华的新家，那所房子虽然“拥有更大的花园”，但它并未给主人公一家带来多少欢乐。而对于那些被贩运到巴西种植园的奴隶们而言，玛丽亚很想知道“家乡到底意味着什么？他们究竟辗转了多少路程才最终到达那里？”此外，从葡萄牙来到安哥拉的安吉拉夫人由于非常想家，以至变得有些精神失常，她“为什么会想家？想家里的什么呢？”年幼的玛丽亚还弄不明白。还有玛丽亚的母亲、玛丽亚的男友等，都无不对曾经的家乡充满无比怀念和眷恋之情。小说接近尾声处，玛丽亚在乘坐渡船前往其父亲位于果阿的家时，她再一次思考“家乡”这个词的含义。小说以主人公最终回到印度果阿祖父的家结尾。

翻译过程中遇到了种种挑战，如美食、服饰、妆容等名词的翻译，但最大的挑战来自段落的处理。小说原文整个章节一段到底，语言优美，读起来如同一首散文诗，但考虑到汉语的表达习惯和读者的体验，译者“斗胆”将每一章都处理成若干段落。这样的处理是否妥当，仁者见仁。如果能够给读者带来更好的阅读体验，也算达到了这样处理的目的。

衷心感谢资深翻译家李尧教授和澳大利亚西悉尼大学韩静教授的信任，把我介绍给中国工人出版社，使我有机会翻译这部优秀作品。在整个翻译过程中，李尧教授给我的悉心指导和父亲般的关怀让我深受感动。感谢内蒙古师范大学武海燕教授在翻译此书上给我提供的支持和帮助！在我翻译此书过程中，宋杨编辑给予了我莫大的理解、鼓励和支持，让我最终顺利完成了译稿，在此深表谢意。

由于译者水平有限，相关知识欠缺，虽已尽己所能通过各种渠道查阅相关信息，仍难免有不足和疏漏之处，敬请专家、学者和广大读者朋友们批评指正，不尽感谢。

陈建刚

内蒙古师范大学

图书在版编目（CIP）数据

萨乌达德 / (澳) 苏尼塔 · 佩雷斯 · 达 · 科斯塔著；陈建刚译. -- 北京 : 中国工人出版社, 2024. 9.

ISBN 978-7-5008-8521-4

Ⅰ. I611.45

中国国家版本馆CIP数据核字第20246JD492号

著作权合同登记号：图字01-2022-4127

SAUDADE

First published in English by Giramondo Publishing Company, 2018

萨乌达德

出 版 人	董 宽
责任编辑	宋 杨 李 骁
责任校对	张 彦
责任印制	黄 丽
出版发行	中国工人出版社
地 址	北京市东城区鼓楼外大街45号 邮编：100120
网 址	http://www.wp-china.com
电 话	（010）62005043（总编室）
	（010）62005039（印制管理中心）
	（010）62379038（社科文艺分社）
发行热线	（010）82029051 62383056
经 销	各地书店
印 刷	宝蕾元仁浩（天津）印刷有限公司
开 本	787毫米×1092毫米 1/32
印 张	5.375
字 数	80千字
版 次	2024年11月第1版 2024年11月第1次印刷
定 价	36.00元

本书如有破损、缺页、装订错误，请与本社印制管理中心联系更换

“澳大利亚当代文学译丛”是澳大利亚西悉尼大学澳华艺术文化研究院与中国工人出版社·尺寸联合推出的文学翻译系列。该系列由中方主编李尧教授和澳方主编韩静教授主持，中方顾问胡文仲先生和澳方顾问周思先生（Nicholas Jose）指导，中国工人出版社宋杨负责出版运作。该翻译项目旨在将更多的当代澳大利亚重要文学作品介绍给中国读者，推进两国之间的文学文化交流。《萨乌达德》即是该系列的译本之一。